明·陶宗儀 撰

南村集

中國書店

詳校官左贊善臣王坦修

臣紀昀覆勘

欽定四庫全書　　集部六

南村集　　别集類五　明

提要

臣等謹案南村集四卷明陶宗儀撰宗儀有輟耕録别著録是編毛晉嘗刻入十元人集劉體仁七頌堂集有與張實水尺牘稱元史不載陶南村竊謂此君靖節一流人今考倪瓚顧阿瑛皆覩見明興而瓚遁跡江湖阿瑛

隨予謫徙未沾明祿自可附朱子綱目陶潛書晉之例宗儀則身已仕明孫作滄螺集中有陶九成小傳可證晉仍列之元人殊非事實集中洪武三十一年皇太孫即位詩曰老臣忭舞南村底笑對兒孫兩鬢霜則宗儀臣明原不自諱又何必曲相假借强使與粟里同稱乎是集不知何人所編考其題中年月及詩中詞意入明所作十之九惟鐃歌鼓吹

曲及三月朔日至都門二日早朝三日率諸生赴禮部考試十日給賞十一日謝恩諸詩灼然為元時作耳其編次年月殊為無緒又顧阿瑛玉山草堂雅集所載澂懷樓七律一首送殊上人七律一首皆不見收知非宗儀自編也毛晉品其詩如疎林早秋殊不甚似然筆力遒健實虞楊范揭之後勁非元末靡靡之音所能比似其在明初固屹然一巨手

矣乾隆四十九年閏三月恭校上

總纂官臣紀昀臣陸錫熊臣孫士毅

總校官臣陸費墀

欽定四庫全書

南村集卷一

明　陶宗儀　撰

永思堂詩爲董仲資作

子之於親思無不至生育恩深與天地媲一别千古終養莫遂永言孝思思曷有既爰陟我屺爰陟我岵瞻望莫及心焉如燬霧雨降濡秋春收履悽愴怵惕感時撫已居處笑語志意樂耆書册桮圈手口澤氣食而羮只

居而牆只如將見之愛慤並致我身之存親為不死豈敢一日忘迺所自思繼其志思述其事思貽令名作則錫類奕奕高堂負乎百世名堂者誰槃仲資氏子孫繩繩衍休委祉方來之思有引勿替

鐃歌鼓吹曲二章

至正丙午夏秋之交彌月不雨民以菑告錢塘張野賓者得法於靜樂君禱輟有應時留松江郡父老請建壇城北門巽日乃雨大夫士作為

文章歌咏以美之因製漢鐃歌鼓吹曲二首云

屢豐年上帝閔農也帝德好生易菑為祥焉

屢豐年羣生熙瘨我旱寧惄洛星火烈螟螽滋苗而不秀歲且薦饑精誠格天聽允惟念之命幽靈擊妖魑龍膺揵疾先後馳金精流光淫虹縻四溟靉靆甘雨時積水彌九野稔而可期不殄禋祀上帝是祈

旱既甚張君闡化也君積功累行有禱而天應之

旱既甚金石流苗恙槁民煩憂疇能祈天致天雨曰惟張君驗之屢雩壇長跪恭進詞黑札元文啟雷祖閉陽縱陰理則然叱電鞭霆一何武賜烏鬱光祝融奔淵龍起蟄商羊舞甘澤及我私田里長讙娛擊壤歌至正厥功匪君誰

擬古用陸國隐韻

古人重節義出處簽弗苟而我何為者南北事奔走惻惻懷故里去去成老醜富貴不可期聊以酌我酒

其二

浮雲蔽頹陽涼飈謝繁綠氣化相尋繹百歲一何速達人意有在豈復傷局促且持盃中物對此籬下菊

其三

王風萎衰周人紀壞狂秦大樸變哇淫雕蟲蠹天眞迨迨百世下禮樂就沈淪尼父不復作聖道詎能新

郊居次韻張善初

南村有遺逸白首軫黎元平生厭趨競甘分老丘園未

知軒冕貴但識綱常尊匪敢異流俗亦云道所存縱酒破愁壘煮茶此詩魂仰見衡霄鳥剡剡脫塵樊俯憐縱壑魚戢戢含愁冤懷哉鹿門龐以安遺子孫苟可脫世慮何辭農事繁深衷誓無渝持此與誰論

憫鶴次韻顧語谿

豪家闢池館千金買猿鶴青衣職餧糧雕籠塗粉雘客有芝田生飛佩風前落清類春水鷗奮若秋天鶚偶觸虞羅機遂失雲松樂翻懷丁令威流睇青山郭不乘衛

公軒詎中唐帝繳滄海幾揚塵丘陵或為毉主翁載馳
驅高情漸衰薄俄然憂患來難以談笑卻玉帛奚足云
繁華頓成昨宗族永參商妻孥苦淩虐出獄攜敝裘從
邊無遠槖而汝混蔘蕩編名從寄泊鍛翮并州刀驚夢
周廬析長鳴聊自悲俛啄亦云怍雖愁蕙帳空莫厭雞
羣惡念彼遠行征視此更離索淚落返哺烏愁對青城
雀安能招汝游吹笙上寥廓

洪武癸丑八月二日與諸暨趙用賓黃漢章趙自

立江陰孫大雅大年丘宗岱程傳可同遊鍾山

分韻得落字

鍾山毓靈秀寶坊炫丹雘王氣接闉闍泠飈洒巖壑泉球石鎛鏘松籟空中落吐詞極名理摛藻騁奇作嘉會難重期斯游諒云樂矢言謝囂煩永志在廖廓

游查山分韻得日字

雪後天象清維時月初吉三老山中居杖藜乘輿出總訝神仙流衣冠蕭散逸叩我東家門造我讀書室主人

重留連開尊敘真率傾寫間别懷氣義等膠漆送别河梁上悵然若有失快行莫遲遲猛虎嗥落日

戊寅正月四日紀實

臘月廿八日風起東南方歲行在丁丑氣候異尋常和煦過於春入夜風怒狂廿九日禺中螮蝀粲龍章或雨而或晴至晚天昧茫隱隱雷發聲煜煜電流光狂風轉西北徹宵吐寒鋩除夕猶未息地凍萬木僵正旦興啟扃雪積二寸强三冬未曾覿對之神肅爽九朝方

是春亦可紀嘉祥老農乃見謂夏秋旱相望二日三日來風力轉披猖四日值壬子晴朗開孟陽嘗讀通政經冬雷未為藏十旬要陰晦民庶有菑殃載憶變異録尤覺熱中腸禾稼不稔熟喪亡起饑荒華亭連二禩旱潦若莫當口食不暇給奔走營餽饟上帝必閔念爾農勿憂惶雨風順以調萬姓保安康

乙卯人日

元日至人日未有不陰時甫也昔所云屢驗信弗疑今

歲異常歲歲萬口稱稀奇一晴連七朝春氣即盎而輕烟散微暄麗日流祥暉谿山逞德色草木帶光輝羊豬狗雞利馬牛被郊畿民物鮮疵癘禾稼其蕃滋天子居大寶念民日孜孜上帝昭聖心報錫以雍熙水旱不為虐雨風常適宜四方習禮樂八表厎坦夷古道曾弗泯薄俗還可移贓貪強黠徒廉正當自持慈愛撫幼小孝弟奉期頤斯理乃必然蠢爾畨未知我生頭雪白何幸身見之但願飽喫飯百歲遠為期

聽輔師彈南薰

深村隔疎雨一塵飛不到輔師抱古琴叩門忽遠造解囊理冰絲下指即高妙涓涓流水心楚楚南風操聲稀意自足味淡趣自與别去殊可人谿頭送清嘯

紀行

弭櫂中和橋僦舍千步廊報名謁鴻臚會朝選鵷行國安四方静君明六卿良聖德湛汪濊慶祚衍靈長退卒二三子躋彼容臺堂應試式中考青衿解趨蹌寢處不

暇逸倏爾十日强賞謝既已竟廼遂戒趣裝挈書別居
停驗符來正陽門籍甚昭著門吏更審詳左入而右出
御道在中央張拱謹步驟寧敢相頡頏俄然豁塵眸紅
杏映緑楊琳宮閟神樂寶殿祠玉皇闕
馴
馭有房周覽日未曛放船漫翔洋有客留且住燒燭羅
酒漿語笑忘夜分月白露氣凉晨興未果别叩闗過上
方上方距方山駐望路渺茫沙河走其下水淺可濫觴
行行莫能前恨弗凌雲翔展轉烏龍砭滯礙了不妨迤

邐廣通鎮長流浩湯湯緒風力健順舟子意激昂畫鷁噴巨浪輕帆掛危檣筐篋緘賜金照耀發寵光橐囊貯齎糧往返廸吉康兹行非浪游素願誠我償計程七百里便可還寓鄉兒女出門迎童稚列兩傍膝下問起居歡樂諒非常

秋懷次戴景仁韻

商飈解殘暑南村生早涼弄琴理書帙雅思一何長裒蓮送餘馥叢桂吐幽芳泉清茶鼎潔簞細石牀方人生

能有幾孰可駐流光顏鬢漸衰改事業終荒唐既無俗累縈所喜心凱康眠早起常晚肯與世悤忙春來喧鳥雀秋至響蛩螿萬化相尋繹寒暑去堂堂非是總不營有酒即舉觴日夕歡一醉身世兩都忘

雜詩

顛倒持太阿乃以柄授人人或有怨惡寧不傷吾身喟彼秦二世委政託姦臣指鹿以為馬非是孰敢云願言把劍者名器宜自珍

酷暑謡 庚辰六月十日至二十三日酷暑可畏

火雲卒律火龍劳火星熒煌火光泄田疇龜坼土鱗皴
海波鼎沸泉脈竭直疑天地作紅爐黄金可鎔石可裂
年年三伏暑固隆未有今番如此熱兀坐渾如墮甑中
又類餘酲共羈紲支惰放肆倦舉舒舌呿莫持懶言說
霑賜誰能玉井冰消煩欲踏蓬婆雪農夫農婦有死者
道上行人多病暍邊庭將士其奈何鐵甲銅盔汗流血
願祈甘雨洗炎歊普爲民心蠲蘊結

折楊柳送夏西疇謫居大梁

折楊柳贈君别楊柳未折心已折丈夫落落志四方到此誰能不嗚咽江南九月天雨霜鴈聲墮地秋風長出門行行幾千里寒烟落日增離傷令嚴獨許攜家室藤笈編花載書帙可憐身上千金裘阿嬭手縫鍼線密吾聞中原百戰餘民物鮮少城邑虛君去結廬得幽勝便可小擬西疇居荆榛塞路猛虎伏髑髏如山寃鬼哭願言緩轡毋疾驅疾驅恐防傷馬足折楊柳歌苦詞呼酒

酌君君莫辭黄河之水東南馳人生會合還有時

莫春謡奉和正齋承旨韻

風颸颸雨蕭蕭東皇促駕車載膏隨紅殘萼芳草深嫣香歷地膩不消繡屏寒逗熏沈腦愁重燕支倦梳掃玉關萬里人未歸風雨一番春又老

題趙魏公秋林曉行圖

疎林慘淡月欲墮蝸蝸哀猿啼一箇橋危霜重白於銀蹇驢行踸輕蹌破魏公人品世莫儔平生快意居庸游

戲將丹青寫八法西風黃葉江南秋功名到手辭未得
玉帶金魚疲峻陟他年解印賦歸來濯纓亭下鷗波碧

風 蘇湖嘉興松江毘陵諸處皆然後聞湖廣江西亦同浙東尤甚

洪武丁卯閏月終暴風忽從鬼戶作故人不來君子藏
巽二踴躍蜚廉惡或噓或嘯或怒號匪雄匪剛匪羊角
倒掀渤澥鼓雷霆簸蕩堪輿撼山岳萬頃嘉禾盡偃如
十圍古樹猶拔卻墻輪震墮聲鏗鎗屋瓦亂飛勢揮霍
烏雀驚仆渾已僵虎豺戰慄如可縛萬民失色一翁云

八十七年無此若小齋斗大容老夫斜雨敲窻打牀脚
徑侵衣被及琴書毒甚卷茅欺我弱何不廣莫掃兵塵
何不仲夏驅炎熇尚憶當年歌漢皇普天率土皆安樂

題李州銘所藏毛澤民山水

竹雪子能畫山醉來解衣盤礴羸筆力甚似荆與關版
凳橋西檣懂樹灰堆峰前鴨嘴灘夕霏翳𤯝氣晻靄春
瀑出澗聲潺湲遠岫離離斷復連湘娥綰結風前鬟若
非子真谷口宅定有太一元都壇竹雪子玉笥班面帶

河朔氣態度美且嫺烏跡印沙文錯落蝸涎行壁勢回
環物物本然具畫理妙處豈在鐫琢間脫略畦町掃邉
幅八法黙契烏絲闌寸楮片縑亦可愛令人只尺思躋
攀此圖忽落李君手時復把看多歡顏老余撫景感真
游清盥題詩卷送還

題江山萬里圖

滾滾長江出全蜀一派波濤瀉寒玉天設巨塹鴻濛先
厥德靈長紀南服濫觴岷松略巴梁分源崌崍走豫章

吐呑沅澧引沱潛包括洞庭納鄱陽玉壘峨眉兩旁礴
石鏡武擔連劍閣合江西頭萬里橋漢使入吳曾駐泊
丈人拔地高青城翠浪起伏勢東傾雪山去此知幾許
一覽如隔芙蓉坪丞相祠前森老栢支機石在君平宅
浣花溪碧草堂幽越王宮殿成狼籍中岩林泉嘉處多
相傳嘗棲諾詎那慈姥老龍亦共止岩阿小寺埋薜蘿
渡瀘亭對諸夷路尚疑果從何處渡魚復浦中八陣圖
前後縱橫經緯布灩澦撒髮怒莫嬰黑石獰惡荼槽并

巫峽之險復愈此凝眞觀前加震驚十二峰巒羅翥鳳
船過神鴉管迎送吒灘直接歸州灘自昔號為人鮓瓮
黄牛廟睇黄鶴樓雲夢澤通鸚鵡洲赤壁臨皐纔尺咫
琵琶亭下蘆花秋匡廬雄尊五老立大孤小孤遥旅揖
彭郎磯前即馬當九華采石青戢戢鍾阜龍蟠奠九州
石頭虎踞當長流北固紆徐鐵瓮竪金焦兩點浮漚猶
春申墓陰鵝鼻嘴角力狂瀾障厓趾烟水瀰漫豁海門
亘古朝宗從此始彼美畫師儒林英天機所到雙眼明

拂拭素綃掃元濤閉戸不聞風雨聲老夫平生山水癖
白首臥游還歴歴客持卷軸請我觀題詩聊復識疇昔

送李孝廉至剛之京

鄜州同知我鄉友氣誼不啻金蘭如異縣交游四十載
汗血復見名家駒雄姿逸態乃若是濯濯春風一端綺
六籍諸史蟠心胸自分身名已千里至尊在御日萬幾
宵衣旰食憂羣黎宣集耆農至闕下能者受任否者歸
歸給尺簡録諭語方正賢良聽推舉邑村爭以名姓聞

生丁昌運天玉女喉鶴灘頭江水秋雞鳴起柁逐前儔霄漢縱高從此上林泉雖好莫能留朝廷禮士邁古昔除擢那能限資格涓埃報効盡忠純愼勿貪欺傾厥職廉能總稱先府君聲華軌範有持循補衮當師仲山甫作霖期嗣商岩人銀河斜墮月欲入晨光熹微候蟲急雙瓶酒盡惜睽離衫袖徧斕淚花溼

中秋不見月歌

青桐蕭索逗疎雨河漢雲流黼抽緒岩桂古香吹不起

絡緯亂啼蛩語語曾軒四敞谿前頭犀押簾箔齊上鈎纖阿御輖如走馬一年轉矚又中秋銅壺水滴聲聲度嬋娟苦被頑陰妒寶匳慵啟冰鑑韜玉宇璚樓隔寒素升沈圓缺恒有時今夕何夕乃若斯欲接清輝徒悵快相看動是隔歲期疇能掃之鸞尾帚白兔擣藥銀蟾守老子婆娑興未闌蠟光高張照尊酒

聽琴行

樂經焚滅樂律亾樂器不純樂師瞽獨有羲農所制琴

位置森嚴尚存古體修三尺六寸竒負陰抱陽函四時上圓下方法天地前廣後殺明尊卑沈檀岳尾犀象足嶽鑄黃金軫雕玉繭繅素絃抽鳳筋髹漆斷紋剥蛇腹有時漫鼓一再行泠泉出澗冰崢嶸清鬆脆滑五調協和樂適怨憂傷并岐山峩峩周所起帝眷拘幽商不祀兒寒兒饑兒履霜殘形占夢巫咸死狄水弗涉行將歸時不我遘蘭猗猗龜之大兮曾之奄越裳來庭德孔施南熏化被民財阜杏壇教流渾未朽春江滚滚禹門遥

巴蜀雪消綠於酒淩虛御風飛仙猶廣寒宫闕三郎游
霓裳羽衣天上譜陽春白雪還能酬明妃出塞辭漢主
獨抱琵琶淚如雨文姬心事果紛紜拍拍胡笳兒女語
白雉朝飛挾兩雌老烏夜啼傷遠離嗟哉無傳廣陵散
别鵠未作妻苦悲長清短清彈一過長側短側要安挫
三弄梅花畫角哀鶴鳴九臯其子和栩栩蘧蘧蝶夢闌
起讀離騷身佩蘭大雅不作哇淫滋隱德忘機鷗共閒
漁翁汎汎滄浪艇瀟湘水雲千萬頃何似山居吟嘯日

樵歌響答烟霞暝短帽輕衫美丈夫觀光上國騎氣都
風雷震盪比豪俠酒酣擊劍歌鳴鳴改絃別奏清商曲
秋鴻飛雲聲斷續悲風颯颯皎月流欵乃悠揚疑擊筑修
真理性反天真淳古淡泊孰可倫起伏抑揚符至理情
閒手敏妙入神焚香靜聽出塵表昔焉搏拊令衰老江
南巨擘似公無高山流水知音少

曹氏園池行

浙右園池不多數曹氏經營最云古我昔避兵貞谿頭

杖履尋常造園所炳也欵語陪從容其先來自温許峰
裕垂系胄二百載發于迺祖雲西翁翁之交游皆吉士
趙鄧虞黄陳杜李趙文敏鄧文肅虞文靖黄文獻陳監丞杜待制李文簡李昭文或銘
或記或篆額華構翬飛燿閭里中堂曰厚德茂存翼室
且可栖琴尊聿求雅志尚貞白玉照彷彿南湖濆厚且求志
玉照皆堂名古齋先世手所結祖德有光增古節日長清静
講元虚淡然自立止於潔右古節常清静元虛淡然自立止皆齋名素軒瀟
灑緑陰腴揮麈劇談捫蝨如元裳長鳴宵警夢玉靈藏

六畫尸居素捫蝨皆軒名讐夢尸居室名紅杏作花錦千樹簾卷高樓

聽春雨曾臺甃近小蓬萊正是雪月最佳處聽春雨樓名雪月最

佳處臺名曲折映帶總幽亭潔芳頃步連窪盈忩形絶念閑

息影繙書寫經開遂生索笑石矼水清淺灼灼疎梅封

碧鮮有時怡曠倚闌干九點晚山清且遠潔芳窪盈息影遂生清淺

怡曠清遠亭名石矼橋名洞房塗墍雪色新瑩可受采無纖塵温火

試香扃畫閣亂雲靄靄中藏春受采雪洞名雲中春閣名溝渠流月

金瑣碎緩踏修梁曳環佩露影晶熒夜色澄怳若霞川

蹋虹背流月霞川蹋虹橋名長歌楚誦聲珊珊后皇嘉樹霜丸丹煖風細香懷晉逸一身眷戀花竹間楚誦煖香晉逸花竹間皆亭名花卉紛芳四時好竹本幾般栽未了牡丹富貴芍藥奇薝蔔婆娑木犀老蒼松百尺上衝天幽蘭猗猗被深淵菡萏解語淨如拭芙蓉弄態嬌以妍孤峯危立當月竇重不遷仁者壽先知稼穡用能勤别敞遺安閒耕耨月竇仁壽橋名遺安堂名賓朋滿坐冠峩冠投壺散帙聲交歡桂酒椒漿麋鹿脯璚觴翠釜琉璃盤運去氏微遘畱變闉望功

勛等飛電地脈衰疲草樹焦顇垣斷址低昂見廿年
汨没軍旅中王事驅馳西復東賢郎告代喜賦歸問里
尋隣夢寐同百感傷心淚横臆復新基搆難為力行囊
點撿得舊題時時展讀聊自適老余臟櫂訪曾經狐兔
窟宅鵂鶹鳴獨立斜陽三嘆息泚筆吟就園池行

過太湖

揚州巨浸曰震澤厥功厎定存禹跡世傳三萬六千頃
周五百里渺無極誰散羣峰亂碧流七十二點青螺浮

吐吞中吳者八九勢灎直與東溟侔魚市微茫漁屋小
酒旗搖曳楓林老岸花汀草晚離離雲氣嵐光春悄悄
吳越英雄今幾年鴟夷長往終不還龍虎戰爭歸一統
蛟鼉掀舞藏深淵南風破浪船頭響王事有期誠鞅掌
問程已過馬跡山落帆轉入沙掌港萬雉金城路尚遥
篙師宵征寧憚勞後月朔旦無多日玉筍聯班要早朝

過臙脂河

臙脂山頭平劈破一道長谿此中過匠人十萬斧鑿功

疑是六丁天所課危橋挂空若生成石壁千仞開錦屏
兩邊羅列八九里吳艎蜀艑西東征四方職貢紛聯絡
揚子大江風浪惡九重宵旰勞聖心特敕有司亟興作
左通銀塈右沙河滔滔湛湛皆恩波可憐伊昔六代時
無有及斯竟若何老臣挾書朝帝所拭目奇觀喜欲舞
稽首作歌頌神武磨厓鐫刻昭萬古

雲莊畊樂三十韻為升遠賦

海寓封疆近朝廷事業昌千官行政教萬姓務耕桑有

美張文學端然世表章亢宗恢雅量卜地搆新莊東面波通浉南頭澤滙洋九山魚米處一曲水雲鄉氛靄翔鸞鵠峰岑舞鳳皇田疇平若案畎澮浚如隍徑窄黏蒼蘚橋低蔭綠楊雞豚歸落照鵝鴨戲方塘投老棲身穩終年引興長程期稽七月候序驗農祥菑播加勤懇芸培敢怠遑飯休催荷鍤鍾動課移秧襏襫居常織汙邪戒勿荒螟蟊遺種絶秔秫瑞葩香犬吠姿雄猛牛馴力盛强蠶眠絲吐白麥秀浪翻黃花霧琴尊潤林霏枕席涼

漫浮蓮渚櫂爛醉菊籬觴夜雨防衡岸秋風趂築場師
春窮蚤莫斂穫富倉箱覆載恩深感征輸歳謹將艱難
天所鑒報稱理之常里社邀皆去時豐喜欲狂緣衣娱
阿毋縹帙教諸郎別墅矜裴相平泉鄙贊皇百花唐入
詠五柳晉流芳昭代能求逸高懷孰可量吾將結隣並
晚節共倘徉

題沈繼先東林小隱

緑楊深處路縈迂此是東林隱者居古屋數楹苕溪若

清溪一曲輞川如風前竹幢能頻灑雨後蔬畦或自鉏岫色浮空排闥近波光漾日上簾虛攜琴訪友行觀稼展席呼兒坐釣魚逸興每邀明月飲雅懷常共白雲舒種花有譜晴多好擢桂無心夢久疎濡筆漫修高士傳焚香偏讀古人書未辭活計同鳩拙故喜形骸類鶴臞亦欲放舟尋舊約相期當在早涼初

題雪上張元之溪居卷

清溪流水白雲關處士高標玉筍班虛館數楹愚刻似

好山十里畫圖間風前高柳株株弱沙上羣鷗箇箇閒
煮茗汲清童子小引雛哺果鳥聲蠻斫魚自可開尊爼
肅客何妨響佩環避世武陵同絶境濯纓還許散襟顔

南村集卷一

欽定四庫全書

南村集卷二

明 陶宗儀 撰

南村雜賦十首

平生耽逸趣久矣謝浮榮計左真鳩拙形臞類鶴清晚

風谿艇釣春雨石田畊此日容衰老徜徉樂太平

屋小長林束村深四水通睡因閒處熟愁向醉時空鵝

鴨春波緑牛羊晚照紅歲輸公賦足泚筆紀田功

門對山殊遠谿回路覺賒入城因買藥租地為栽花草
草栝盤數悠悠興緒嘉今年官稅急月下𡂿繅車
編圖從入甲養子處添丁閣筆焚三策攜鉏帶一經語
多隣叟醉妖勝里巫覡俗薄何須較柴門盡日扃
徑微深草没橋仄亂雲藏簷角聯漁屋籬根繫野航雨
餘晴瀲碧天迥晚山蒼回首關河隔并州是故鄉
家貧田亦瘦身惰禮全疎囊錦新吟藁篋縢舊著書小
童能理櫂稚子學將車何幸無榮辱長年此逸居

客分疎雨去人帶斷煙眀地曠乾坤大心閒景物清藥
材書劵貫琴直典衣更歲歲西疇秫深憑送此生
池塘纔半畝浦漵走三江斷壟春煙犢疎籬夜雪龎消
揺浮晚艇寄傲倚南窻采藥鹿門遠誰能逐漢龎
遥岑浮碧漢長泖護青林地僻人家少泥融虎跡深關
河南北夢風雨短長吟覽鏡憐遲莫鬅鬙雪一簪
徑竹霏香細籬花鬬色多捲簾黄犢雨把釣白鷗波清
士攜琴訪諸生載酒過有時香一篆高枕到南柯

南村後雜賦十首

路直華亭谷林藏處士家葵菘浮雨甲秔秫吐晴葩塒羽肥堪縛谿鱗巨易乂客來留共酌濁酒不須賒

甲第多荒址茅茨獨老翁杖藜山遠近舟檝泖西東莫色蒹葭外秋聲絡緯中郊居端不惡此趣許誰同

槿樹成籬落松脂化茯苓閒開籠鶴柵時過狎鷗亭汗簡修書史持杯閱酒經塵纓終不縛何愧草堂靈

谷口蘭宜佩庭前草不薅番田栽薯蕷縛架引蒲萄杜

甫十分瘦元龍一世豪賣書買農具作業豈辭勞
道陋循墟曲橋低與岸平風前松子落雨後竹姑生向
此得閒趣自來無宦情烏巾方竹杖林下一田更
江海謀生拙園田引輿長徑分黃菊本池種白魚秧瘞
筆營山龕横琴布石牀俗氛飛不到一曲水雲鄉
草徑牛羊熟雲林鳥雀馴九峰三可攬一室四無隣世
治方為樂身安豈厭貧涼風北窗下未讓葛天民
農事年年在家常頓頓謀拾樵驅赤脚舂粟課蒼頭屋

破何曾補人生本自浮賦歸歸未得長夜夢台州

雨社來巢燕晴衙散蜜蜂蠧書魚繭實透墨麝香濃

幽夢回高枕新詩入短笻一經令白首自怪此生慵

僻壤居偏樂幽懷老自添鍊丹温候火丸藥捲風簾雨

過魚蝦美春來筍蕨甜長年無一事治世等黃炎

元日試筆次張泉民讀書莊雜興八首

素履安吾分深居去俗嫌襟懷高莫儗材力老逾添翰

古蕪行楷經明法謹嚴鶴書還赴隴光耀起幽潛

自將茨覆屋遠勝樹為巢徑曲落花匝谿回浪影交梛陰維釣艇竹裏構行庖我欲頻相訪談詞愧草茅

道在寧謀食時清不慮貧弟兄三俊彥天地一閒人攬鏡菱花曉開尊竹葉春文成五色錦采采濯芳津

松樹曾巢鶴溪流可浣花步鳴蒼玉佩閒鍊紫金沙揮麈懷玉衍横琴仰瓠巴有時因客到沽酒向西家

生平甘淡泊質禀甚清通經史沈潛裏溪山笑傲中夢游天祿閣詩寄蘂珠宮自是神仙骨塵凡迴不同

嬾騎金匼匝喜弄玉參差宇宙清寧日山林老耄時處
中知守節履正在觀頤白髮磻溪釣飛騰未可期
鄉里陳留遠才名二十餘文章宗太史詩法嬈黃初避
地僑淞水誅茅結草廬功名諸弟貴問侯列華裾
搆室延虛白臨書擣硬黃但祈年大有安問世炎涼首
蓿堪羞餼芙蓉可集裳壽齡過八十無夢到鵷行
次姚憲僉原禮韻簡明上人古鏡六首
雲棲常自寂蠖屈豈求伸翠竹真如理青山妙色身滌

除三毒火清淨六根塵出定寒宵永明蟾挂碧旻
接流晴灘菊陟巘晝捫蘿地僻經行少心閒興趣多瘦
笻縣樹底壞衲曬岩阿清盥無餘事因箋證道歌
九山多勝槩此地一叢林石路循清澗茅堂枕碧岑野
狐來聽法遊衲問安心虎樹高千尺師寧不嗣音
林日遲遲靜溪雲淰淰輕雜花閒自落幽草細無名慨
我朱顏老傷情白髮明何緣湔垢累問道立前榮
清寂山中景消摇物外身好茶留客煮香苣課童紉欲

識空為了還知嬾是真釋門真老宿佛法在彌綸
乾坤容隱逸寒暑互遷推獻果猿殊熟銜花鹿不疑食
餘隨洗鉢梵放輟談詩送客長松下東頭月上時

曹雪林夜宿草堂有詩因次韻

杖屨來相訪柴門倒屣迎好春尊螘綠清夜燭花明每
苦連句別相踰半日程如今宜盡醉足以慰平生

對雨

立春將一月積雨已兼旬潦水村村白愁雲旦旦新世

方期樂歲天宣厭斯民便好驅陰沴陽和被廣輪

元宵

總説春來好春來尚寂寥江山緘媚景風雨過元宵室白燈光燦鑪紅火力饒杯盤兒女進嬾赴北隣招

游查山山上有查仙錬丹井東眺黄耳冢西秦山

四面黄茅合南頭粉堞高丹泉生石甃山趾帶平橋犬寄華亭信蛇吞戰國豪登臨增感慨落日在林皐

役役

弟妹分離久家鄉信息遲賣書人網直穫稻雨愆期髮
向愁中白顏從病後衰終年常役役何日是歸時

次郁鈍之韻

多病誰分藥窮愁只著書青郊春雨稼緑樹野人居天
地身將老朋游日漸疎寄來詩句好功業復何如

夢游華頂峰題詩于壁

松徑曉停驂朋游只兩三鳥啼烟作障僧坐石為龕訪
古人何在探幽我尚堪杏花風日美春色滿江南

詠佳人效香奩

衣皺霞千疊鬟彎玉兩弓色酣眉黛緑香膩口脂紅密約心還怯多情意未通黄昏頭嬾卸繡被象牀空

著擁執徐之歲三月望後一日率僮僕抵鍾賈山采薪供爨至四月朔歸每日陰雨

繫船溪水頭山中成久留半月總值雨一身都是愁哺雛敗簷雀逐婦深樹鳩薪采輟夫役摘蔬薦晨羞

寄題性源上人清影軒

勝地昔曾行雲扉夜不扃長林籠碧瓦明月照朱櫺世
北龍門寺經繙貝葉青開秋數石榻遲我一揚舲

丙子元日

朔紀庚申始風從甲艮來陰霾低不散天意邈難猜香
縷縈銀燭椒花浸玉醅賓朋交致賀獨我老衰頹

中秋不見月

延桂敞南樓更傳第幾籌玉城銜雨立銀漢拔雲流曲
度霜娥怨談停老子愁相看須隔歲虛過此中秋

十六夜翫月次韻

中秋風雨隔二八正圓時天上清虛府人間太液池飛騰蟾皎潔翫賞客權奇偏照南村老蕭蕭兩鬢絲

中秋夜陰

自小看明月看來已白頭年年棲逆旅草草過中秋銀漢金波斂氷匳玉鑑收凄然向今夕嘯咏想南樓

十六夜獨酌

今夕非凡夕瓊樓影尚彌纔經一日隔未覺半分虧再

索新蒭酒還賡昨賦詩舉杯邀對酌真足暢幽期

十七夜傷感

四十二年前今宵最可憐明蟾徒自好愛子竟長捐父母情懷苦乾坤造化偏老來頭雪白不斷夢縈牽

過蕭塘市

不到蕭塘市流光十五朞岸傾街甃裂寺廢梵幢欹第宅留荒趾垣墉易敗籬相知無一在遺跡動傷悲

閲畊

上國曾辭聘南村且閑畊心安閒自適肌瘦老逾清趣
向琴中得詩從枕上成平生隨造物多幸見升平

龍鍾

吳楚躬親歷關河事熟諳客居淞水上鄉夢越山南豹
變知無及龍鍾愧不堪有時扶短策去就老農談

濯足

濯足咏滄浪南村佳草堂風簷懸襏襫煙艇帶笭箵總
羨畊漁好渾忘歲月長建文開泰運聖德媲軒黃笭箵

元結自釋音郎當[illegible]竹籠也

歸途徐村阻風

徐家村畽静柳下泊舟航故國南游遠東風晚更狂歸心如箭急流水似人忙明日宜興縣長橋酹一觴

簡顧秀才

地偏春自勝市遠客尤稀草閣開清晝谿航載落暉雜花晴簌簌輕燕晚飛飛問訊東隣老還容覓釣磯

西湖紀興

浩浩春波闊冥冥夜雨懸笙歌傳别館燈火隔疎煙作客頻遷次傷時更可憐明朝晴未卜還是醉湖船

五里塘

破屋三家市扁舟五里塘亂波浮落照饑雀聚枯桑氛祲乾坤戚兵戈道路長漂流無倚著何日定歸鄉

南村對雨

雨氣連村白溪流觸岸渾餘寒欺鳥雀清潤溼琴尊修竹明如洗長楊翠作屯草堂初睡起曳履掩柴門

和鄭南榮韻

煮茶燒落葉掃徑動閒雲水涸溪痕見林疎岫色分齋居長自掩麋鹿動成羣短屐相過數惟應鄭廣文

癸亥元日

通夕零寒雨開晨吼朔風人惟憂樂異節自古今同故國丹丘外浮生白髮中力田憂水旱端策問凶豐

元夕

珂里傳柑日金吾放仗時樓臺燈火淡風雨管絃悲術

眩明皇幸儀尊太乙祠千年成古蹟兀坐漫齎咨

過顧城湖

昨行三塔崦今過顧城河帆正風猶順程遥日漸晡礙船防斷陼收港認浮圖同往皆良友羇情喜不孤

己卯中秋

移榻近前榮良時引興清雨從晡後散月向夜深明靈兔曾無恙孀娥若有情舉杯邀對酌隔歲好尋盟

中秋

今夕知何夕南軒景趣幽露溥蟾影耀風靜桂氛浮移榻催鋪席褰簾快上鈎年年催老去又見一中秋

辛巳中秋

海寓樂昇平中秋景象清秖緣人意好轉覺月華明今歲僉愚戇比隣異死生聽來惟是哭孰更不傷情（兵部遣使至府府命兩縣僉點身長力壯民丁應克謂之曰愚戇不下五千餘人）

九月朔日庭前白菊開花

尋常重九日難得菊花開今歲因添閏孤芳亦借魁翠

裘雲掩冉鶴羽雪锫鍶三嗅秋香立吟哦待酒來

丙寅中秋

雲開天宇潔玉露滴琪林静對中秋月偏傷故國心半生常作客此夕一霑襟弟妹書難得窮愁老轉深

十二月望後一日輸粟金山衞

渤海金山小坡陀草路危城池連斥鹵部伍雜華夷比屋屠牛肆高竿賣酒旗一句愁裏過雨雪滯歸期

十月十一日夜夢中賦詩一首既覺忘前四句枕

上足成之

柳風輕娜娜竹雨淨娟娟有只書千帙無多屋數椽村深居自好心遠老相便載酒谿翁羨桃源小洞天

十月二十六日喜雪分韻得同字

今年方見雪懽喜萬人同觥巨醅浮緑窻明燭燿紅煎茶移石鼎理櫂命谿童黄竹何須賦休祥兆歲豐

庚辰元日

授歷紀庚辰開元値丙寅五更微見雪兩日便迎春頭

戴銀旛巧門題彩帖新曆蘇循故事殿飲老年人

九月四日遣愁

塵鎖斷絃琴悠悠歲月深遺言仍在耳惡日倍傷心路隔重泉窅墳封宰木陰臨風耿無語老淚一霑襟惡去聲忌日也

哭王黃鶴乙丑九月初十日卒于秋官獄

人物三珠樹才華五鳳樓世稱唐北苑我謂漢南州大夢麒麐化驚魂猘犴愁平生衰老淚端為故人流

乙丑十月二十八日得鄉人林序班公輔寄聲報

舍弟夢臣沒於道未知月日地所二首

白下相逢日于今十二年江湖俱老矣風雨獨凄然哀訃從人得殘軀為國捐生兒多不育身後竟誰傳

弟兄惟我在骨肉永睽離王事勤勞日關河夢斷時水深風浪惡夜靜鼓笳悲號慟嗟何及傷心老益衰

哭馬平主簿夏原威 丁卯臘月十三日死

詩書承善慶簪組沐恩榮賦命分修短詳刑服重輕平

生師友義終古別離情盡掬寒淞水難澣淚眼清

挽陸北岩教諭 辛巳十月二十九日卒

北岩今已矣命也復何仇形影長相弔文章不自謀夢殘蕭寺夕魂返故山秋多少傷心事哀猿哭未休

挽趙雲居先生二首 辛巳九月十八日卒

故國王孫後先生德望隆相將年九十出處浙西東學本趨庭教醫存濟世功俄然棄榮養哀慟起秋風

吳淞今共咨台婺遠相連去國二千里論心四十年故

人將盡矣老淚重潸然修得遺賢傳儲輸太史編

送何伯温還鳳陽

索居濠水曲歳月共悠悠會面忽今日憐君已白頭關山來去路風雨别離愁谿上船催發寒潮没遠洲

開鑪日有感是日始見霜

陽月日云初新霜萬瓦鋪具羞供墓祀熾炭煖寒爐望鄉闗遠棲棲旅思孤形骸看漸老節序不停徂

挽張雲莊宗禮三首

客邸病縈紆驚憂鬱未舒紫杪函蛻骨白下返靈輿故里千年別浮生一夢如莫雲莊上些山雨竹樓虛嫁殃遭太守簿錄降將軍短景鐙餘燄繁華水上雲瞖愚誰復辯玉石竟俱焚次第修言行他時表墓文嗚呼吾友沒相望去程遥遺恨孤慈侍清魂入大招諸皃銅鼓衞一穴鳳山椒淚灑西風裏交情永寂寥

洪武癸酉正旦雨明日雨中夜雷電又明日雨四日陰曀嚴寒西北風大作口號

迎春半月先寂歷過新年鷄狗羊猪忌風雷電雨全元
冥雖代謝陽德未昭宣有待陰霾散乾坤始泰然

九日雨

三年元日雨今雨欲經旬洋海開塗者金山餽粟人體
寒衣綻裂腹餒食艱辛上帝垂慈憫晴暄振困貧

二月六日雪

春半三番雪田更誦里謡一年防暴水九月定盲颷色
妒梅枝瑩花黏蝀翅消暫時成凜冽玉燭自能調田家五行

云二百五日主有風潮

庚午七月三日大風雨視丁卯歲為尤甚獨淞江若此他郡無有也

雨從朝起驟風到夜深狂仆屋揺坤軸漫江徧海鄉喜無秋旱暵未卜歲豐荒較彼前三載而今勢益强

六月二十九日喜雨

六月三旬旱炎威酷吏猶廿年無此熱一雨近初秋田畝塵隨伏禾苗病向瘳豐登還可望生計尚堪謀

二月朔夜中雷始發聲三日寒載嚴雪大作

前夜起雷聲寒威刃發硎積陰春黯慘密雪晝飄零香褪梅腮白愁緘柳眼青擁爐頻熾火不似肉為屏

七月三十日雨

半月值秋晴涼生枕簟清嘉禾方孕秀甘雨又滋榮造物功難報斯民樂有生輸租庚責了倉庾定克盈

洪武丁卯臘月癸亥雪

六花凝瑞白已見臘前三寒色清逾烈羈懷老不堪窮

陰連漠朔豐稔在江南驢子谿橋客煎茶恐未諳

臘月初二夜雪

吼樹朔風雄寒欺繡被重地浮銀渤澥山吐玉芙蓉瑞象標初臘歡懷慰老農歲登端可卜百穀徧提封

十二月十三夜雪

滕六夜停驂乾坤玉氣涵樹膚寒擁腫松髮白鬔鬖驢背吟何苦壚頭飲正酣隔牆農父語喜見臘前三

正月十二日雪

立春纔二日撩亂雪花飛陰晦雲同色嚴凝曉肆威擁爐頻熾火對酒趣添衣德澤終當布斯民莫歎欷

至日聽雨

至日聽寒雨今宵憶向曾漏催銅史箭花灺木奴鐙愁壘堅難破騷壇峻可登苦吟無好語白髮已鬅鬙

甲子又晴

田家春甲子分外要清明水旱因從卜休凶亦可旌明年期大稔今日喜長晴為報西疇老知時好力畊

元宵雨

三五元宵節連年氣候同漫天來暮雨吼地起南風燈火樓臺寂笙歌巷陌空金吾徒弛禁清坐愜深衷

連日積雪釀寒曉起見雪臘月十一日也

四野話豐年三番見臘前意從多日厚色瑩六葩妍谿艇因思汎鐺茶趁埽煎老翁無此興擁火醉陶然

九月二十七日

九月三旬裏渾無幾日晴軒墀簷雀浴農室竈蛙鳴點

滴疑天漏汪洋覺地平烟蓑樵水稲比去若為生

和董良史憲僉西郊草堂雜興八首

杏花春雨映谿堂不異當年碎錦坊重碧破除千萬事硬黄臨寫十三行枌榆夾道陰連𡋯魚鳥親人水滿塘

覓句有時成久立草茵籍坐槿籬傍

西郊闢地搆名堂絶勝南村小柳莊得意四時從嘯咏讀書萬卷保行藏雕胡米滑甘於粟蒿苣苗肥緑似秧

野飯菜羮皆適口一真滋味静中長

清谿脈脈抱虛堂新竹娟娟過短墻問柳尋花春事晚
投壺散帙午陰涼時將芳糗充魚餌歲會香秔備鶴糧
如此閒情真自適可無幽夢入鵷行
老來歲月去堂堂夙佩君恩不敢忘炎漢辭官容廣受
聖朝立極過軒唐秋田春雨租牛種茗盌涼風對鶴
嘗清興有時吟不了天邊羅立九山蒼
日長雙燕語深堂樹木參天枕簟涼龍德光明今宇宙
犬牙相制古封疆人龐俗厚宜栖止歲泰時康匪禬禳

我亦有家歸未得浙江東去路微茫
吟成池草坐西堂胸次悠然臨八荒靜悟游魚投餌急
閒看飛燕葺巢忙采山釣水唐人愿長子生孫漢吏倉
高尚循良同一致要令身世保平康
蕭蕭落木護秋堂白版為扉掩夕陽塵垢不沾頻灑埽
稲粱已熟漸收藏攝生未用芝和朮具饍能無芥與薑
一榻清風渺千古看他奔走為人忙
執經弟子早升堂客至何妨臥下牀家世澤流遺牒在

御爐煙染賜衣香錦囊縹帙新增集玉軸牙籤舊補亡
鄰舍相邀長是醉此身終老白雲鄉

次韻寧熙中上人如蘇紀游十首

華山阻雨

東南風急布帆輕長泖西來第一程此日忽逢春莫雨
何人不望客中晴烟巒朵朵鬟凝碧石溜濺濺玉奏聲
且向華山谿口泊推篷滌研寫幽情

喜晴

瀰霧冥濛日晏升攬衣遥見闔閭城十分天氣依然好
一色波光遠近明紫燕將雛花上語錦鳩呼婦樹頭鳴
道傍農父交相慶菜麥青青喜快晴

山行偶興

鬼護神呵兩怪松晚晴長阪緑陰濃泉聲噴壑谿東走
嵐氣涵空日下舂毫楮出奩題好句杖藜到處發奇蹤
近來蠟得登山屐擬約重游意未慵

遊天池

雨餘弭櫂釣磯頭一錫翩翩縱遠眸翠壁石蹲形似虎龍淵雲墮氣如牛人間幻出三千界天上移來十二樓更陟曾顛窮睇眄只疑咫尺是瀛洲

遊靈岩

靈岩拔起拱諸峰林壑深幽與昔同誰念夫差罷敝後莫逃范蠡計謀中彈琴石老落花紫響屧廊空夕照紅里叟不諳亾國恨至今猶説館娃宫

遊天平

樹木沈沈翠作堆瘦筇緩步首頻回天平山水真佳矣
文正祠堂亦壯哉碧落高寒超下界白雲清煖隔浮埃
長懷往事成悽斷為讀殘碑剔鮮苔

遊南峰寺

箬遊曾記與諸賢籍草高談雪滿顛白鶴青驄閒士逝
丹厓碧岫野花然虎丘東去無多地龍脈西通第二泉
長欲擕書此中住自隨春雨種山田

沈一菴山居

嬾性生憎世累縈功名從此不相能堂成自可同蘭若
客至何方話葛藤儀宇如如瑶圃月心懷炯炯玉壺冰
扁舟早晚相尋去湖上羣峰取次登

宿觀音寺

錫杖尋幽四月交山中地位總清高一庭蘿月縣金鑑
萬壑松風響翠濤雲臥已知隨處好浪游無愧此生豪
上方夢覺清如洗況是鶴鳴從九皋

尋僧不遇

肩輿伊軋度嶔岑義重宗乘故遠尋澗雨收時花作陣
岩扉掩處筍成林蒲龕香歇閒清晝石鼎煙銷鎖緑陰
那得相逢話疇昔嗟哉時序百年心

張建寧賦詩見寄次韻四首

移家住近府城東簾捲垂楊燕子風幽夢時驚棊局外
好懷日付酒杯中喜於靜室觀虛白倦向通途踏軟紅
老我無能甘寂寞谿山還欲與君同

十年仕宦厭馳驅隨例歸休始定居門巷每來君子履

杖藜閒過野人廬錦心繡口三都賦玉軸牙籤萬卷書
別有高情真自適或時孤櫂或巾車
文采風流果謫仙乾坤汗漫興飄然銀章朱紱承殊渥
檜楫蘭舟濟巨川兄弟喜看三薛在古今誰似二疏賢
朋游散落曾無幾童稚情親到莫年
赤霄丹鳳邈難儔鷗鷺為朋只浪游田里清淳依谷水
關河迢遞隔台州西風采采黃花晚落日離離碧樹秋
白髮催人傷老大少年聲價落青樓

次韻答張林泉五首

憶昔交游各少年君年八十愈昂然幅巾短杖林和靖斗酒長篇李謫仙修竹簷前香細細落花風外影蹮蹮有時飯罷無餘事展席科頭自在眠

繪像耆英古有堂先生鬢髮已蒼浪寫書簡竹枯鮮碧臨帖牋藤擣硬黃潮汐去來谿一曲垣墉周匝樹千章執經弟子皆循飭道統真傳遡紫陽

倦草淮南大小山此身長與白雲閒南隣北舍相懽洽

西陌東阡自往還筆勢縱橫驚雨驟文詞奇古發天慳
幾時共剪西窻燭尊酒高談一破顔
百年孤抱歲寒心不覺頭顱雪滿簪梧陌鼎煙時瀹茗
石牀衣露夜橫琴水雲深處成真賞風月良辰動苦吟
欲訪郊居曾有約桃花浪暖一篙深
枕流漱石豁煩襟日月容光實照臨御筆曾題田氏宅
王門莫聽戴逵琴明經教子傳家學買宅租田罄槖金
壽格期頤能有幾垂垂白髮送光陰

次韻答陳祠部景祺三首

傳家謹護一鐔青膝下兒孫歲歲增松頂雲開晴放鶴谿頭潮落晚移罾堂臨緑野從行樂路直青霄定立登幾欲拏舟尋舊約望窮煙樹碧瀾層

碧海雙金遠送青對之詩思晚逾增庭前洗竹閒留鍤池上叉魚不用罾錦里角巾唐杜甫蘇門長嘯晉孫登羨渠伯仲幽栖處又隔風塵幾百層海中有大金小金二山

錦樹離離海氣青歲年大稔粟加增僕夫緯蓧修魚罾

童子紉絲結蟹罾北舍南隣相往復東臯西疃自臨登

香浮缸面新醅熟膾切鱸肥玉作層

新春風雨次陸北岩韻三首

博山沉水裊輕煙歲旦常儀總粲然笠屐賞朋來雨外

盤觴兒女列堂前梅驚朔次朝猶落柳怯春寒晝未眠

盥手正襟端策問今年還可種圭田

江南風雨見何曾十日都無一日晴曉起暫看新歲歷

老來偏動故鄉情良辰美景須花柳妙舞清歌待燕鶯

喜有山林容我輩共將詩酒樂文明
烏車載兒過遥天白雨淋浪雜䍐煙喜咏久無工部老
禱祈未用玉堂仙世情簡淡非今日春色凄迷似去年
風景不殊鄉邑遠夢歸夜夜浙江船

次韻谷山泉上人曦

緑谿野徑僻通村百尺梧桐翠長孫海色曙凝生白室
香雲晴護牧閒園額留郡乘招提古名重鄉評行業尊
近掣嚴函翻般若何當聯席與精論海曙軒香雲室牧閒園皆上人扁名

次陸北岩韻二首

廬外圭田二畝强鄉隣傭力為移秧百年罔龍衣冠閟一徑楸梧雨露涼天地無情身老大山林有分髪蒼浪急流勇退人爭羡喜見春風日再暘

畎畝高低絡翠徑樹林茂密列雲屏水村沙路迢迢白茅屋炊烟處處青谷口樵歌西日瞑岩頭虎嘯晚風腥先生歸也山居静童子篝燈月半扃

嚴寒次粟隠德上人韻二首

雪留十日未都消畫閣娛情遣寂寥茶敵睡魔浮玉乳
酒烘吟臉暈紅潮雕盤異饌明妝捧寶鼎沉香烈火曉
應有窮途饑凍者一般風景不同條
匡牀燕坐坎離交氷綴霜髭口欲膠煖老正宜絲作毯
逸居那敢樹為巢饑禽戰羽時僵仆猛虎摩牙夜噭哮
造物屈伸端有數醉歌自把唾壺敲

登千山次林泉徵士韻二首

水作巴蛇走澱湖山蟠天馬載浮圖重重桑柘平原近

閃閃烏鴉落照晡林廟旛鐙祠岱岳江城雉堞帶東吳

歸心自是愁如織只怕游人唱鷓鴣干山一名天馬山下有平原村

欲學當年乞鑑湖鵬程九萬阻南圖望窮海上天無際

倚徧闌干日未晡一代衣冠成二老百年藜杖寄三吳

南村亦有林泉趣春雨聲聲聽鷓鴣

周萬竹知紹興府日其家梅花盛開西賓張林泉

作詩寄之及簡越上諸友因次韻二首

南枝向煖競先開何處人間有玉臺氷艷雪臞渾好在

月香水影入詩來逋翁湖上清魂返仙子羅浮小仗回
寄遠慎毋多折却使君調鼎待鹽梅
麐經家學保青氈文采風流秇且賢池草西堂生夢裏
官梅東閣到吟邊會稽望去無多路朋舊別來今幾年
見說蘭亭只如昔勝游須在莫春天

次胡安州韻

宦成歸老有餘暉吟苦從教帶減圍卜搆北山欣地僻
閲畊南畝慮年饑雲霄孤鶴盤旋過野水閒鷗自在飛

炎暑困人多病暍寄言莫怪往來稀

萬山遺叟以所作中秋重九二詩見示諸公和之

已多勉强效顰二首

高礙長空玉一輪娟娟零露洗浮塵良宵又值中秋節

老我堪憐百歲身對酒漫忘誰是主賦詩那有語驚人

據牀談咏還多興沉浸清光景思新

重陽佳節無風雨倦客他鄉憶水丘采采黄花人送酒

迢迢碧漢鴈横秋喜無敗興催租者自有循谿蕩𦍒舟

底用登高方是樂嘉賓三兩醉還休

五月菊

老圃乘凉起歎嗟孤標底事便開花石榴明處朝同采紅藕香中酒漫賒畫舫沅湘懷屈子薰風庭館屬陶家也知不為趨炎出莫忘清秋興緒嘉

次夏西疇韻

亂餘及見太平年聖主龍飛地幅員父子戍邊歸未得公侯下士禮彌虔中天孤月應同照尺素雙魚孰為

傳昨夜缸花頻送喜好風吹墮白雲篇

題德如海上人聽松軒

定起忽聞風雨生危枝只恐鶴巢傾蒼虬鼓鬣噓天籟
翠浪掀空送海聲一派笙簧秋淅瀝千宫環珮玉琮琤
我家亦有間庭院不及山窻分外清

寄題陳孟文叢碧軒

一室蕭閒竹裏安緑波洗出萬琅玕雲深競舞青鸞瘦
簷曲長霏翠雨寒三徑清風人楚楚五車汗簡墨珊珊

何當直造談元處展席涼陰摀月團

小游仙詞雪後一日甲子作

瑶池謫降小真仙只在人間二八年長日沈沈緘祕緒

浮生草草厭塵縁一函遺蜕寒璚隕五夜清魂顥氣縣

鸞鶴啟途幢節擁碧霄如洗月嬋娟

借韻荅清谿邵先生

西泖移家住北村謝庭蘭玉見元孫門前料理桑麻圃

雨後栽培杞菊園象齒篆籤書列庋松花釀蜜酒盈尊

平生不飲惟留客翰墨詞章熟考論

借韻答宗高王架閣

蕭然一室數家村籍甚三槐幾葉孫詩句驚人師杜甫
妍詞落筆客梁園承恩出牧年方妙謝事歸休道益尊
不覺數年成闊別老懷耿耿與誰論

借韻答牧菴上人謙暨無心野人

南村差似浣花村慚愧山中宰相孫獨抱遺經耕壟畝
病辭束幣老丘園此生空忝諸公後舉世何如見佛尊

翠竹黃花真妙理清風明月不須論

七夕次萬山韻

瓜果中庭漏點深露花零亂滿琪林曝書偶忘今朝是
乞巧欣逢此夕臨雲馭瑶池靈剡剡星梁銀漢影沈沈
人間天上同欣樂只有悲蛩語不禁

登超果寺一覽樓次林泉民韻

層樓明敞奠松關萬里蒼茫指顧閒地絡泖茸羅梵塔
天低溟渤獻神仙寶陀像設金千鎰瑞井光涵玉一環

倚徧闌干吟未了伽陵風細韻緜蠻宋治平初錢武肅王所奉觀世音像至淞江禮塔匯光燭于超果寺之金鰻井谿是迎像至馬井今名曰瑞光

次韻答邵青谿先生

藜杖烏紗過百年童顏鶴髮氣泠然窩尊安樂元通譜壺隱虛閒別有天課稼春行黃犢外尋盟時到白鷗前青谿一曲春如許二頃何須負郭田

雪次陸靜菴韻

剪剪寒風勢轉嚴六花撲簌綴高檐螘醅銀瓮人微醉

獸炭金爐妥慣添大地一方調玉燭遥山九點詫形鹽
明朝擬向西園賞四敞罘罳卷毳簾

胡萬山脚氣陸北岩遺詩問訊因次其韻

見説新秋仍病痺南州土溼暑熏蒸耳邊愁聽三江雨
胸次清涵萬壑冰卧起東山今謝傅嘯聞半嶺昔孫登
北岩老子題詩寄愧我才踈斵剡藤

感懷次韻

數椽茅屋稱幽居環堵蕭然日著書隣曲往還忘主客

林泉映帶樂禽魚一經闡教韋丞相三策成名董仲舒
自愧無能空白首子孫便好問畊鉏

中秋翫月次胡萬山韻

東頭湧出爛銀盤簾卷南縈仔細看秋氣平分宵寂寂
涼輝十倍露溥溥阿娥藥臼敲清杵素女霓裳跨白鸞
欲折丹葩向高處璚樓玉宇不勝寒

次張林泉韻

潛化芝蘭四十春多君文采玉為人青燈風雨思還共

白髮江湖老更親東漢獨高嚴瀨客西疇自擬葛天民
滄江今日同畊釣竊景前賢託此身

次韻荅胡别駕

避地僑居泖水濵相看白髮與時新好山登眺無多處
榮宦歸來有幾人雞黍會多談笑數芝蘭氣合性情真
莫年我輩須行樂莫遣蹉跎過一春

正月二十有六日余與邵青谿張林泉會胡萬山
夏雪蓑俞山月高彦武張賓暘于佘北踰嶺而

南訪陳孟剛席上分韻得船字

桃源只在人間世三老相逢莫問年清晝喜陪多士集紫霄只恐德星躔香蒸雲液行璚斝花簇珍羞飣綺筵一櫂歸來潮正落谿頭好似米家船

題張惟德清逸軒詩卷

結廬自愛南村好盡日蕭閒遣興長一榻松風茶在鼎半簷谿雨酒盈觴遥岑爽氣朝來致小徑黃花晚節香聞道曾軒清且逸我將過汝共徜徉

過沈汝舟故居次范宏遠韻

不見幽人左太沖鶴歸遼海蕙帷空敗垣躑躅春酣日老樹鵂鶹夜嘯風怪事書空千載一長干作客幾人同可憐滿眼凄涼淚都付詩篇感慨中

次萬山韻

風雨江湖雪滿頭斗南名士總交游山林已自無多在我輩真成第一流折簡招邀春釀熟策筇來往野情幽年年無事長相見底用尋盟到白鷗

南村集卷二

欽定四庫全書

南村集卷三

明　陶宗儀　撰

曉起

豆苗引蔓上疎籬桐樹吹花落釣磯老我田園閒處好故人書疏近來稀挂巾蘿薜看雲起沐髪滄浪待日晞只怪平生詩癖在形骸消瘦不勝衣

題王筠菴水村山居二首

垂楊舊種成籬落小徑初開近石矼夜雨漁舟添箇箇
晴沙鷗鳥下雙雙夢魂不到鳴珂里卜築何須濯錦江
沽酒鱠魚從野老高僧招隱歷新腔
松杉束屋青天小猿鶴當階白晝閒木客揖人騎虎下
谿童采藥貿琴還玉笙聲斷雲連席丹竈光沉月滿關
我欲排楹與隣並掬泉洗耳聽潺湲

録宋宮人語

雲護春陰凝薄凍煙銷鑪篆帶餘馨殘花滿院鶯聲

澀細雨吹薰草色青丹鳳不來天浩浩玉簫吹徹淚冥冥腰肢瘦損真無幾寧使清心混濁涇

對月

客子每看湖上月秋聲漸近竹邊窻流螢綴衣夜數箇白鶴聽琴時一雙甘旨未能娛綵服旅愁長是對寒釭飯牛屠狗誠無媿附鳳攀龍志未降

熟食日有懷

去年今日天台路布襪青鞋捫薜蘿山鳥亂飛踈雨至

人家閉户落花多孤燈客鬢愁中改千里鄉闗夢裏過江漢悠悠為客淚先瑩回首倍滂沱

西湖晚步題湖山堂

短策輕衫徐步穏平堤落日莫光遲郎君馬上敲金鐙官妓船頭唱竹枝老鶴不歸和靖墓長林還護鄂王祠吁嗟人事朝朝異山色湖光似昔時

長安市

長安市上多青樓樓下美人嬌以羞千金買笑復何惜

萬里作客還自愁勲業未成慙寶鑑英雄何限看吳鈎
百年世事如雲雨老大徒傷易白頭

九日

江城黯慘傷秋莫人事艱難感恨長正苦兵戈依遠道
不堪風雨過重陽鬢毛垂領蕭蕭短菊蕋盈枝細細香

妖氣天光兩冥漠將軍何日定荆襄

曉發松江

客裏東風促去程沙棠舟小布帆輕衝人鷗鳥雙雙起

近水桃花樹樹明故喜吳淞堪寄食不愁江漢尚屯兵經綸事業成虛擲一寸葵心向日傾

次邵冠軍客中見寄韻

重闕列戟遲行舟小雨吹煙凝不流時送檄書傳帥命數呼官酒破詩愁江城已擊扶揺上海宇還期汗漫游春樹重重雲莫合懷人多在驛西樓

皆夢軒為陳汝嘉賦

北窻高卧羲皇上不比南柯太守衙塵世蕉陰方覆鹿

山童竹裏自敲茶黃粱旅邸空仙枕春草池塘即謝家萬事轉頭同一幻怪來銹管忽生花

偶成簡錢曲江 字惟善

坐看涼月上谿樓桐葉晶熒露氣浮戀闕近瞻天北極懷親遥隔海東頭寓形宇内一身老濯足滄浪萬里流安得神飈駕輕轂白雲直下即丹丘

寄贈龔子激 名以清京口人避兵華亭遂家焉貧而尚節義

平生不受官長罵結屋乃在深郊居田無二頃每種秫

日有一錢惟買書養親上堂具甘旨留客煮飯挑嘉蔬
憐君行義有如此名譽豈肯終閭閻

次謝士英韻

郊原十里非凡境屋宇無多似瀼西新竹長來吟徑小
緑楊缺處畫橋低茶浮石鼎兒新煮詩滿雲箋手自題
乗興看山出林麓短笻一箇影清谿

春雨初晴沈野亭見訪

九十日春渾有幾相將一半雨蕪風草堂晴旭生虚白

花徑兒童掃落紅漫喜故人來泗北更期後夜宿山中

青鞋布襪須吾輩百遍相過意未窮

次夏士良户侯韻

竹裏茅茨白板扉興來隨意臥牛衣天籠平野前山遠

水拍危橋過客稀釣罷得魚沽酒去雨餘種豆荷鉏歸

故人卻在城南住日日清觴四坐飛

秋懷次夏停雲韻

妖氛澒洞逼京華將略時無李左車休唱貞元供奉曲

似聞商女後庭花職方未復江南貢使者空乘海上查
自古和邊真拙計卻令紅粉泣琵琶

送陳平仲

我居巷南子巷北同是挈家來避兵故園荆榛已能理
遠道虎豺那可行老懷作惡輟數日寒谿送别傷離情
未知後會更誰好斫鱸且醉雙銀罌

讀史次謝元素韻

長時讀史白雲西往事評來手自題亮也已亾誰相漢

單云多智國存齊百川行地終歸海五緯經天未聚奎

堪嘆洛陽宮外路銅駝荊棘夜烏啼

樂靜草堂為衛叔靜賦

屋繞芙蓉九疊屏日長客去掩閒庭巖花煖傍䟽簾落

階草晴分汗簡青溫火試香刪舊譜汲泉煮茗續遺經

江南定有徵賢詔太史方占處士星

次韻答楊廉夫先生

移家正在小斜川新買黃牛學種田奏賦不騎沙苑馬

懷歸長夢浙江船窻浮爽氣青山近書染涼陰緑樹圓
樂歲未教餅有粟全資茅粟應賓筵

夜坐

披衣散髮坐南榮漏點遲遲欲二更風約沼蓱雲影淡
月栖徑竹露華明石牀涼意浮珍簟寶鼎沈烟噴玉
笙世慮不關心似洗此身只覺在蓬瀛

梅花

谿北谿南十萬枝洞門深鎖幾人知月香水影無多語

姑射羅浮自一奇千里喜傳春信早孤節偏愛夕陽遲殷勤更入坡仙詠共補辛夷别墅詩

守歲次謝高潔韻

明日五更纔是春坐深不覺漏聲頻風塵澒洞向今夕燈火團欒能幾人老去清霜吹鬢髮愁來雙淚落衣巾乾坤擾擾皆兵甲何處谿山著此身

機山懷古次趙廷采韻

昭矦功業在人間二俊文章若可攀西洛竟從王穎辟

秋風不遂季鷹還平原村迴家山静華表雲深鶴夢閒
有客艤舟來弔古空林落葉雨潸潸

長至日林泉偕雪林踰鳳岡訪友聯句次其韻

鳳皇飛舞結青山九曲雲林第一關輕櫂每從谿口去
短蓑長自嶺頭還初陽消息升沈裏二老襟懷嘯咏閒
此地正堪頤莫景采芝底用躡商顔

催梅為雪林作

的皪孤標隔水湄我家庭館見何遲喜迎春信無多日

莫負東風第一枝湖曲老逋䰟定返羅浮仙子夢曾期
短笻立待黄昏月嗅得寒香便賦詩

代梅荅

向煖南枝趂早開讓渠獨占百花魁與時無競緘春在
感子相思索笑來吹笛且休明月底煮茶宜傍白雲隈
老予不比桃和杏直要鼕鼕羯鼓催

次景訥菴韻送廷采

傳家畱得舊青氊旅食西州五十年老去秖知懷故國

曉來生怕送歸船九山影落三江口丹杏花開二月天
最是東風雙語燕留人飛過酒尊前

先照樓為王無瑕上人題

若木枝頭耀燭龍寅賓先與最高峰光明徧照三千界
樓閣宏開第一重舉目心徵香水海至誠膜禮紫金容
五時說法如親聽向上圓機不露鋒華嚴經云如日初出先照高山

聽雪為孫以貞賦

瑶池阿母教飛瓊細搗氷花擁佩旌郭索行沙林竹偃

吳蠶食葉紙窻明短編清夜誰家讀柔櫓寒谿遠處明
閑戶先生俄側耳松聲沸起煮茶鐺

八月十五夜玩月次韻

高捲湘簾看明月一年今夜十分嘉露華清灑玉毫兔
林影還浮金背蟇太液池臺當更好廣寒城府望非賒
據牀老子婆娑在嘯咏歡娛孰有涯

次胡別駕韻寄李儀曹至剛

皇帝徽除贊禮曹御爐烟染越羅袍太微垂象郎星近

仙步趨朝地位高夙夜寅清宗秩祀儀文開朗列英髦

嗟余白髮懷思日孤鶴長鳴在九臯

小園即事次胡廣文若思韻

日長童僕理蔬畦官舍如同隱者棲新水方塘魚在藻

落花小雨燕銜泥栝盤留客兒能奉琴册娛心手自攜

滿紙文章新灑翰人人爭道外孫虀

緋桃次韻同前

凝脂近水騁芳姿劉阮從來見事遲血寫妖猩衣爍爛

用紅衣人事燄融烈火錦昌披用石曼卿事壽同西母還丹日笑倚東風醉酒時絶勝渡江顔色淺英名久入彦謙房詩

萬竹林為鶴砂于廷立賦

渭川壤地栽千畝海上雲林長萬竿晉室一時人曠達爾家三徑日平安琅玕響激秋聲早翡翠陰團雨氣寒裏茗敲門容借看清風吟嘯對檀欒

九日次韻

今年九日還為客朋舊壺觴興趣同雁影江頭清淺處

龍山天際有無中黄花細吐香堪采白髪高歌氣不充
醉把茱萸懐弟妹異鄉飄泊已成翁

張林泉九日寄詩次韻荅之

畊田鑿井水南郊孏性從來謝拔茅草檄未能行虎落
濡毫敢望立螭坳菊萸並進重陽節萍水相親遠道交
歲歲茲辰動懐想若為對飲共山肴

新寒寫懐次韻

世故漫漫混渭涇九山高枕臥雲屏攤書露拂雙眸瑩

攬鏡霜欺兩鬢青歸燕淒涼誰復顧吟蛩哀怨不堪聽
秋風落木茅茨破坐右高縣陋室銘

壬申十二月二十九日林泉抱拙伯仲萬山別駕

同宿三味軒得何字

歲晏高朋忽我過諸生尊俎罄歡歌老來短鬢因愁改
醉後衰顏為酒酡鐙影未隨雲影淡漏聲不似雨聲多
明朝約共尋梅去屐齒泥深可奈何

立春次韻

歷降靈臺一歲新氣調玉燭萬方春候灰浮動輕於雪
臘酒傾來白似銀花勝亂簪人鬬巧菜盤新簇齒生津
尋芳早晚如相約便整肩輿繼後塵

雨窻會飲分韻得雞字

南畝躬畊水一犁夜來風雨正淒迷華筵盛集書相拉
白絹斜封手自題賓客不分牀上下盃盤盡出玉東西
太平深野宜歡樂還憶都門曉聽雞

和琴清萬山五日雨窻酌酒賦詩韻

睡餘閒把離騷讀白髮醒然一老身五采誰纏長命縷赤符不上小烏巾蘭湯滑凝芳華洌丹臼香融藥草新簾卷琴清軒外雨蒲觴酌客更情親

夏原舟寄詩求誤其先子墓銘次韻答之

男兒不必嘆流離治世麒麟可繫羈好句自堪横槊賦壯懷莫為聽琴悲迢迢遠道江南夢念念雙親壟上碑此日勒銘當不愧行藏顛末我曾知

贈良介菴上人

開士傳來竺國鐙驀然悟道在聞聲鯨音寶梵嚴花落
鑪篆蒲團海月生靜掃六塵無染著要觀一性本圓明
何時借我袈裟地試把宗乘與細評

化城寺悟本心上人有軒修竹中今寺與軒幻為
刼灰瓶錫游方自號竹軒志不忘也

此君勁節保平安壞衲幽居寄嬾殘一榻清風敷具坐
四𥦗涼雨卷簾看梵餘琴瑟笙簫答定起沈沈翡翠寒
長作化城安隱想眼前隨處碧琅玕

送潘貢士魯璵

東風拂曙泮林春行李觀光上國賓歲貢成材雖有格
旦評雅望妙無倫帆浮翠穀江波灔馬控青絲柳色新
此去辟雍天只尺早持鈞軸見經綸

送人才般惟中

春水緑波春草碧春風一櫂發江城到京便入人才選
薦剡連排父老名朋舊稱揚多義舉衣冠惜別重交情
此行喜遂平生志簪紱榮身感聖明

甲戌元日次韻

守歲罏邊燭尚明家家簫鼓雜鐘聲紫霄散彩晨光發
元日開祥淑氣生萬丈赤城懷復眺千絲白髮喜還驚
老來但博身强健詩酒朋游慰客情

送吕仲徵知縣之官武平

明經擢第下金鑾題賜宮羅墨未乾早歲喜酬尊主學
長才先試牧民官銀章朱紱三千里白舫青簾五百灘在汀州一縣花開琴調古佇聽趣召入朝端

題顔近仁清風卷近仁先朝進士能寫竹

高棟曾軒瀕澗阿此君挺挺翠駢羅寫真纎素襟期合相與氷霜節操多鸞牡遡歸周甫誦蓬萊何處玉川歌門前應用開三徑自有故人時一過

題朱文儀松軒清賞卷

五鬣離離翠作行四簷奕奕住中央籖裁象齒尊經史帖護芸暉寶晉唐點易研朱朝滴露題詩握管晝焚香開庭亦有風來處不及君家意味長

贈樂安居士張彦載

治世優游賦考槃葛衣藜杖筍皮冠清谿一曲居常樂
紅日三竿睡正安花外雨窻篘蜡醞竹深風鼎瀹龍團
到頭渾是清閒福笑引兒孫種合歡

題王孟京先生采芝生卷

高風千古仰商顔自喜幽栖近九山短鍤每從層巘陟
頃筐長帶亂雲還晴霞煖護金莖紫曉露香融玉朶殷
辟穀延年端藉此飄然行蹔列仙班

賞牡丹次蕭古齋韻

萬卉千葩推第一天然國色謝鉛華沈香亭對殊堪匹金帶圍成未足誇宿露煖風滋絳蠟曲闌輕幄障晴霞尊罍燕賞加題品格調清新是作家

次韻送張處善歸楓谿

慨世浮名散若烟喜君浩氣直如弦兵戈避地三江曲湖海論交廿載前夜雨慢懷揚子宅早潮催發米家船楓林渺渺晴雲外此去添予别緒牽

代賦借鶴

香靄瑶壇恭藏事帝真幢節控神飈朱陵紫府傳丹撿白鶴青鸞下碧霄翅影亂隨旛影颺吭音渾與玉音調衆睟瞻睹同稱讚孰與仙禽不可招

中秋對月有感

我室阽傾月照幃今年此夕認清輝芳時一去無繇返皓首同歸與願違譙漏聲傳人寂歴胡牀影直矗露霏微碧霄如水連銀漢好洗浮生萬事非

又次冰雪翁韻

碧空湛湛露華清萬籟沈沈一鑑明節序俄驚今夕是光陰只使老懷驚桮盤小酌雙瓶盡賓主高談四坐傾童子煮茶來報説蓮花漏刻已三更

送萬用謙歸豫章

阿兄司臬蒞松城令弟辭家賦遠行吳楚相望縈别恨塤篪迭奏藹親情山頭曉月長亭小江上秋風一舸輕楊柳條疎不堪折頻頻勸酒待潮生

題翟景泉空空室　名蒙

都門此日寄高蹤㑀屋通衢豈諱窮四壁蕭然無長物

八窻豁處有清風居安養拙遽廬若絶念忘形幻泡同

方寸虛靈元不昧漫從釋部話空空

雪中偶成次書莊叟韻

瑶池阿母試鸞刀剪碎馮夷白戰袍琪樹千林清可攬

玉厓萬丈勢彌高越箋題句披蟫翼建盞行茶沃兎豪

却笑堆成獅子樣街頭便可怖兒曹

和山翁寒夜竹所宴集韻

西湖雪裏喚相宜欲約重游未可期歲月怱怱多契闊栝盤草草足委蛇金荷燒燭光逾粲石鼎聯詩句益奇老子婆娑嗟莫預買花載酒不為遲相宜船名

立春次韻

迎春餞臘此辰兼暢飲何愁酒價添春菜青青敷甲拆枯荄短短綻包尖銀旛鬬巧應須賜玉燭調和不用占晴日煖風春信早千紅萬紫競穠纖

除夜次韻

歲律纔圓已貳程滿家守餞歷深更驅儺隊列籸盆艷
爆竹聲揚玉漏清粻糗車船窮鬼事栝盤燈火異鄉情
徘徊不覺東方白簫鼓喧闐到處鳴

丙子元日次韻

帝車揭柄夜司寅鳳歷頒年氣象新元日舒長開正始
東風扇煖逗陽春剡桃作版神如在列炬為城迹已陳
笑把屠蘇隨後飲南村我是老天民

莫春分韻得青字

輕寒輕煖夜來晴鶬鶊催畊語不停清沼滿浮春水碧綠陰濃帶遠山青無雙美醞玻璃盌第一名花翡翠屏欲駐芳輪無上策悤悤離思短長亭

水西畊隱為林彥祥賦

西疇膴膴水泠泠小結茅茨也自清白蠹簡編風外讀烏犍蓑笠雨中畊休官彭澤惟陶令行義安豐有董生九月築場禾稼熟獻羔祭韭樂昇平

次韻自述

飄零江海半生多年少踈狂老益磨柳拂簷牙兒手種

蕕黏屐齒客來過雨窻吟苦賡詩債茗盌香清遣睡魔

亦欲躬耕南畝上飯牛閒暇織農蓑

九日次韻

重陽佳節古今同老我凄涼思不窮兩浙東西淹歲月

一身南北類萍蓬登龍人在銷沈外戲馬臺荒感慨中

醉把茱萸懷弟妹不知烏帽落西風

平湖爲山陰鏡上人賦

萬頃平湖枕越城短篷如在畫圖行波浮霜鑑金輝瑩
山擁氷壺玉氣清翡翠蘭苕酣淨綠天光雲影照空明
知章一曲應分得用作沙門字與名

次曹雪林見寄韻

告老歸來鬢已秋山中廬墓境深幽田園已遂陶彭澤
鄉里爭稱馬少游戲彩庭前思遠道解纓風外濯清流
新詩題寄渾難和筆力高於五鳳樓

千山訪曹雪林劉深雲周雲鴎看菊花雲莊有詩

次其韻

千山盤曲帶諸峰與客尋幽向此中谿色秋同天色淨
籬花曉裛露花濃雲林泉石清深處人物衣冠太古風
酌酒賦詩忘路遠放船歸晚意無窮

並頭鶴頂紅菊次雲樵韻

翩躚籬下合歡叢駢首昂昂沁淺紅湘浦淚沾仙羽若
喬家醉嗅晚香同秋宵併作繁華夢春色勾光隱逸風

自昔栽培無此本丹鉛圖寫待良工

黃白二色菊

一本花敷二樣芳試稽别譜異尋常東籬夜結金銀氣彭澤神游坤兑方正色半隨霜露改晚香渾似蝶蜂忙蠟葩月朵爭輝潔漁隱詩篇久播揚周清眞詞蝶粉蜂黃苕溪漁隱有黃白菊詩

次林泉韻簡雲莊

慈親堂上笑開顏畫舫歸來落照間一刻分疏投栢府

諸郎迎候出林關風塵涉世情當適鷗鳥忘機息自閒
開歲元宵無幾日入城好約看燈山

丁丑元日分韻得生字

土牛餞臘三元正玉燭調和四海清老眼細看新歲歷
白頭偏動故鄉情人家競寫宜春帖窣相寧無列火城
圖軸高懸鍾進士怪精也復可憐生

謁貞烈廟 元封英義武惠正應王

義興縣裏長橋外祠宇巍峩枕碧虛華袞端居英義像

穹碑深刻右軍書斬蛟射虎傳今昔盡孝全忠燿里閭一櫂經過來致謁石香爐畔整冠裾

過石臼湖

四圍漲塞中流淺一日風帆百里程勢敵洞庭天所設形侔石臼古來名烏犍黑豕千羣亂碧草黃沙萬頃平幾處空林皆可畫扣舷吟咏豁高情

三月朔日入都門

欣欣灌木衞圓丘滾滾長江控上游虎踞龍蟠眞聖主天

開地設古神州五雲宮殿參差起萬國梯航遠近柔何
幸布衣膺寵命擬隨仙仗覲前旒

二日早朝

雞人三唱送殘更禁鼓鼕鼕日未升白玉搆橋聯五仗
黄金題榜耀觚稜班傳臚句朝儀肅樂奏簫韶旦氣澄
黼坐正中天只尺叩頭丹陛益凌兢

到家

頭白衰年一病身輕裝來往倏三旬五城街市經行遍

數畝田園入望頻芳草落花吳苑夕短帆輕槳澱湖春
到家菊茂秧田綠老作皇明治世民

過鳳山錦溪橋

錦谿橋下水平谿楊柳條長拂岸齊參政張瑄寳坊歸幻
刼右丞徐義先壟可悲悽漁船檜楫雙雙短酒店茅簷處
處低市井荒涼風景異老鴉啼過亂雲西

白醉樓為范文鉉賦

目眩金鑼唐高素逍遥館冬日初出銘云墮指折膠夢想曝背金鑼騰空映簷白醉日出初

簷閣凜冽氣全蘇心情酣樂非因酌體骨融和似欲扶西閣吟成唐杜老詩集有西閣曝背篇寒時作息宋田夫負暄事見列子幕天席地從吾意兀兀陶陶一念無

送王思廣還常德衛名宏

玉立長身意氣多相逢忽在鳳山阿晉朝人物王文度漢代將軍馬伏波鐵甲枕戈曾報効錦衣傳檄謾婆娑東風二月桃源路歸騎翩翩奈爾何

蓮月軒在華亭東林寺為矩菴方上人賦

鑿沼栽蓮半畝强開軒敷席坐端相從來水月眞靈境
化出匡廬古道場免影淡籠銀臯淨氷輪清碾玉簪香
要知影色皆為妄本性圓明意味長寺正殿奉觀音大士

寒碧軒為玉巖璉上人賦

花惟薝蔔樹栴檀地位清高眼界寬雲彩半分氷鑑碧
天光倒浸露壺寒靜凭曲檻濔凡趣宴坐曾軒習止觀
本性空明猶湛水未教風外起波瀾

洪武三十一年閏五月十六日皇太孫即位

十八日大赦天下改明年為建文有感而

恭賦

先帝消揺游碧落神孫端拱坐明堂九重統握乾

坤大萬國恩沾雨露香動植飛潜滋德色都俞吁咈慶

明良老臣舞抃南村底笑對兒孫兩鬢蒼

閲畊 陳處士號也

小築瑶谿水北莊閲畊杖屨日徜徉父菑子播知無逸

妻饁夫耘敬有常好雨三時禾毓秀凉風七月稲吹香

相逢田畯談農事西陌東阡幾夕陽

中秋夜對月

八月平分秋正中飄香桂子落長空十分圓魄年年好一道寒光處處同清唳忽來蓬島鶴亂吟不斷露莎蟲南鄰未釀南樓在治世琴尊屬老翁

乙卯元日

鳳曆新頒紀建文初元正旦上晴暾一人聖德敷皇極萬物光輝沐湛恩家世傳來書滿案賓朋致賀酒盈

尊太平如此誠難值只願年年子又孫

題唐涿州橫雲草堂

三泖移居屋幾楹青山一帶與雲橫翠芬落几琴聲潤玉氣浮階鶴夢清剖竹專城施政教縣車故里養尊榮杖藜莫厭相過數好付兒郎管送迎

城市山林為孫子華賦

我家住近古城陰隨分生涯豈用心佳菊移栽秋粲粲修篁羅植晝森森清池環匝泉源活門巷幽閒徑術深

祇為長年躭野趣旁人都道是山林

送上海知縣司公守道赴召

妙揀憲臣來作宰文星天上照雲間薦賢名奏麒麟殿
戀闕心馳虎豹關駐轂邑門留犢去借船浦口載書還
東南賦稅民罷病荅問應知動聖顔

送人才何公遠

朝端奉旨舉賢才使者馳書海上來琴册緘封榮組綬
衣冠飲餞列尊罍五城樓閣雲烟繞萬國山河錦繡開

聖主臨軒求治切奏陳利病莫遲回

題靖州衛陳指揮凌雲堂

指麾訓練渠陽衛奕奕名堂結搆全五彩翬飛昭武烈入窻洞啟樹欃櫳抛書草檄風生席握槊談兵月滿天他日論功須第一凌雲發軔上凌烟

次胡萬山韻答陳祠部

坐樹疎梅試一吟紛紛霽雪落長林㪺泉石鼎烹山茗温火金鳧熱水沈幽意漫隨寒日淡故人遥住白雲深試

看題寄新詩句珠玉篇篇有賞音

題沈宗文竹梧軒

竹梧竝植近軒墀一榻清風日自怡玉立娟娟冰雪操翠融挺挺鳳皇枝昌黎喻勤王孫誌工部吟題省署詩琴瑟斲成笙管截明廷九奏致雍熙

送俞知縣嘉言之魯山

皇朝進士聲華重藩邸清曹正列班有旨召除分宰出叩頭請告送親還疏章切媿長沙傅組紱行之古

魯山百里塗謠稱善治傳家定達五雲間

送友之官

握手河梁酒一巵若為會合在何時前旌剡剡催行邁
疏柳蕭蕭綰別離明月圓虧千里共尺書往復半年期
願言清慎修吾職早晚高遷侍玉墀

送李給事中行恕服闋之京師名璥

給事先皇內六曹緝熙九法獨稱勞甴音塊苫塈室終
線制旌旆闌舟試錦袍玉筍聯班黃道直宮花簇仗紫

垣高清朝事業光千古黼黻鋪張屬俊髦

五日次萬山韻

奪標競渡快輕狂憶昔游觀力尚强艾顆離離供巧製榴花朵朵殿羣芳辟兵人佩靈符小弔古江沈角黍香曉起畫梁雙語燕似知節序說興亾

景辰張先生較文福建歸林公崇高畫閩溪放櫂圖賦詩其上以餞因次韻就題

一櫂閩溪下瀨船千巖萬壑路勾連榕陰處處浮嵐外

杜宇聲聲落照邊考試來臨多士上宦游向在十年前
故人分手難為別寫得雲山上蜀牋

松齋為玉峰秀上人賦

上人遠自海東來為愛青松到處栽花落石牀閒不埽
聲和天籟定初回折將席上為談柄大明法師事留向山中
具法材幾欲裹茶林下煮高齋賦咏亦幽哉

鐵簫為張以道散人賦

冶師百鍊昆吾刀笵出錚錚七竅簫把弄豈侔龍躍琯

奏成好列鳳儀韶清風赤壁三千頃明月揚州廿四
橋海上散人攜作伴較渠思致我猶饒

題許彦清松鶴軒

奕奕髙軒結構成種松養鶴遂閒情翠濤翻處鳴逾遠
金粉飛時步覺輕衣溼長防清露滴枝蟠不怕舊巢傾
葳蕤五粒眞堪啖相與長年已訂盟

臘月二十七日雪

立春三日雪花稠作陣隨風卒未休屋宇高低銀蓋覆

郊原遠近玉雕鎪將軍好問平吳策高士誰乘訪戴舟

九萬車夫多凍餒定應未到濟寧州十一月松江府起差民丁九萬名赴濟寧陸運糧米九萬石至德州軍前

送教諭沙允恭赴禮部試易經

袖行薦剡謁南宮白鶴長鳴蕙帳空花氣春濃薰錦旆柳縧風軟拂青驄世承雨露詩書澤筆補陰陽造化功應試歸來須一月離筵勸酒莫匆匆

送夏西疇還寧夏

歸來已是十年過行李蕭蕭兩鬢皤紫塞氷霜還部曲
清秋風雨去關河潮浮短棹征途遠酒盡離觴別恨多
從此音書應更少斷腸分手淚滂沱

送道士藥道心游武當

均陽雄鎮武當山金闕宏開縹緲間龍虎風雲環紫極
龜蛇水火閟元關杖藜達道秋行役幢節層壇曉綴班
此地消摇酬夙願丹成九轉未知還

送陳子章赴王家瀼館所

多士留連醉别場琴書一棹水花凉郊原不異東西瀼主客何分上下牀白髪垂垂勞授業青衿濟濟快升堂弦歌聲輟閒情好定有新詩為我將

送戴叔温赴京

堂堂廷尉重詳刑幕下賢郎案牘清奔訃宅憂喪有制釋衰還吉禮無傾船從三泖湖頭發路向丹陽郭裏行此去功名渾好在秋風買酒叙離情

送廷采還黄鶴山中三首

廷采宋宗室諸孫世家越之姚江從外舅氏黄鶴翁讀書武林山中其為人趣操高尚進止雍閒博涉書傳外喜吟咏尤善畫山水竹石擅一時之美大抵胸中所養不凡見諸筆下者自然超絶今年春復游淞江得相與往復兩月許忽懷故山猿鶴翩然賦歸日抵莫來告别燈下書此以餞兩眼昏花殊愧草率

木葉蕭蕭小雨零西風鼓櫂晚潮生江山形勝歸圖寫

今古詩篇付品評乘興漫窮登眺樂懷人不盡別離情

蕙帷黃鶴應無恙此日歸來思益清

黃鶴山中夙著聲丹青文學有師承前身直是王摩詰

佳句還宗杜少陵溪上曉來烟似幄江南春盡雨如澠

扁舟催發輕離別作惡情懷老不勝

霜落松江水氣清風前一舸白鷗輕十年已是三番別

兩地都來幾日程鬢髮蕭蕭憐我老栝盤故故惜親情

開春有約重攜手不在吳山定越城

送邵升遠應聘之京

朝廷歲歲徵遺逸奉詔蒐羅在有司深巷窮經端可樂諸侯勸駕不容辭天威只尺黄金闕虎拜三千白玉墀清問從容及民瘼東南黎庶洽雍熈

送張有秩御史制閩如京師

五采冲霄見羽儀龍蛇研影快清時報親讀禮三年畢事主揚名四海知獬廌班中曾抗疏鳳皇臺上好題詩滄江畫鷁潮催發不盡離愁酒一巵

送錢敬叔歲貢赴禮部名讓

隴頭不待鶴書招勸駕賔筵禮數饒芹泮泳游才孔儁鵬程騫翥氣彌高九山霽色浮江渚十日春風拂柳條一曲驪駒頻喚酒離愁楚楚政難消

送薛應翔人才之京

沿牒喜從鄉老薦畫船搥鼓發江城馬空冀北標雄逸鳳起河東仰聖明萬國朝天黃道直五雲擁日泰階平旌旗研影三千字朱紱銀章被寵榮

送徐思勉應聘書誥敕

寒谿鼓櫂赴弓招雪點輕裝錦作袍日侍殿庭沾聖渥職書綸綍遣清曹鸞回鳳舞金花軸鐵畫銀鉤玉兔毫九萬鵬程從此始登瀛視草步彌高

送曹士望應聘書誥敕

丹詔徵賢上玉京草堂動采樂文明一經夙繼春秋學三事難忘仕宦情佶曲聱牙周誥古森嚴開朗晉書精八鑾臨幸西清日奏對鋪張屬俊英

送貢士蔣時俊之京名彥英

聖世崇文治教隆歲徵多士赴南宫賢關上舍高升日泮水西齋静學功夜雨寄懷三徑竹春風得意五花驄臨岐握手難爲别尊酒何時笑語同

送張宗武

宗武應聘入京余以師生之義偕親友四五人送至姑蘇别洪武已巳正月四日晚解纜明日大雪深三尺許又明日雪霽過澱山湖賦此以

簡同舟之能賦者

小舟衝雪向來曾如此湖山喜快晴萬頃淵渟雲浩渺一峰危立玉崢嶸寒生毳褐清尊盎色映烏紗白髮明只怕閶門明日到春風惱亂別離情

贈龜卜金谷祥

周官太卜寶神龜旦日粱黃黃絹裹粱卯以祓龜澡祓之造竈灼鑽研恭按式謀為机陧用稽疑一人能了三人識諸兆還從四兆推獨有谷陽金處士傳家術業邃於斯

志喜

洪武庚午五月至六月彌月不雨松江命方士陸雲澗建法壇仙鶴觀禱焉余所居長泖上去城北三十餘里地勢高亢河流涸禾稼悴民惶惶無所措十四日未申之交雷電以風急雨隨至十八日又雨潮汐復大作涸者溢悴者榮因以志喜問城中人雖涓滴無有也

翹首甘霖久不霑火雲赤日勢如惔桔槔聲斷川流竭

穲稏苗枯暑氣炎迅電掣霆誅厲魃蒼龍飲海扶飛廉
四郊㴱慰三農意從此豐年可預占

次天淵韻二首

辭親祝髮已眞休孰肯將心憶故丘禪榻熏爐從早夜
雲笻雨笠幾春秋朝廷制下催歸籍羅刹江橫去買舟
公案參餘千七百明年試罷復來游
風釆飄飄若胄休相逢猶憶在丹丘多師妙闡三乘法
老我愁添兩鬢秋蒼蔔清芬浮雅製鳳皇空翠落歸舟

到鄞應是無多月又向金陵賦遠游上人寄單淞之昭慶寺寺有旛經室曰薝蔔林鳳皇山在寺之東北隅

邵宏遠用陳祠部韻賦詩見寄和以答之

故鄉遥隔一谿青眼底湖山興趣增菊本謄栽多按譜
魚秧新種未容罾舊藏書富縣籤皮重慶堂高衣采登
未卜何時能往訪懷人長望泖雲層

青出於藍分外青承傳世學喜加增濟川舟具帆檣桅
漁海人資網罟罾矜管一斑慙淺見天門八翼會高登

老余待盡南村裏屋上添茅歲歲層

送鄉貢進士錢宗善餘慶湨時緯仲文湨克潛綱

赴京會試

一從鼓篋見奇才高步蟾宮折桂來聖世設科羅俊彦

春闈較藝奪高魁柳陰繫馬深梧勸江上揚帆急鼓催

此去定知逢慶會奎光昨日燭三台

新水生時一櫂輕吳淞江上雨初晴會知富貴能相逼

決取科名在此行龍虎榜高濃淡墨鳳皇臺近古今情

璚林宴後還登覽萬國山河共帝京

東風攬轡過長干楊柳青絲拂綉鞍塲屋競誇攀桂手
文章深種主司官泥金寫帖緘書寄燒尾開筵共客歡
玉陛臚傳當第一班催鵷鷺立朝端

和張賓暘西疇汎舟韻二首

平疇積水欲成湖未有良工寫作圖晴日曈曨収宿靄
暖風和暢拂春蕪緑楊紅杏韶華麗白舫青簾主客娱
老子放懷成痛飲醉循歸路日西晡

潦水茫茫接澱湖人家如在輞川圖日明練色涵青嶂風細鱗紋漾緑蕪打鼓踏車農事冗放船攜酒客情娛飲闌同叩鄰姬户啜茗聽謳直至晡

故社士姚文實輓詩

敬祠抱主鄰炎熄刲股煎糜父病痊一代衣冠今社士百年詩酒古神仙高風雅入名人傳孝行宜登太史編欲訪清游已陳迹空山短日思凄然朝廷賜爵社士年七十三卒國子學禄錢龕作傳

哭趙廷采儼

餘姚江上故王孫黃鶴山中講世昏氷玉聲華過衛樂丹青事業在乾坤半途忍棄妻兒面一念應懷父母恩泚筆為修潛德傳無多老淚只銷魂

悼周通元鍊師

史君延致禱雩壇電掣霆流起劍端祕訣曾傳蒼玉撿長生未服紫金丹月升海嶠猶啼切露溼松巢鶴夢寒雲屋秋扃風落木似聞環珮尚珊珊因祈雨勞神得疾遂遷而化洪武丁

卯八月十六日

臘月癸亥立春喜晴三首

一冬淫雨動彌旬今日初晴值立春八表蕩除陰沴盡萬民瞻睹太陽新土牛絲仗寒猶沍蔬甲雕盤緑未勻林下老翁增壽紀宮花不上小烏巾

開歲三元尚一旬東城簫鼓已迎春辛盤切出絲絲細花勝簪來朶朶新柳眼戲金猶淺嫩梅腮傅粉已輕勻臘醅缸面浮香蟻不負吾家漉酒巾

霖潦相仍幾浹旬和風麗日逗香春龍精戒旦陽交泰
天子崇文歷換新檻外柳高金縷弱庭前草短翠茸
匀老夫還怕餘寒在煖耳難除白氎巾

己巳七夕立秋次胡萬山韻

頭童齒豁鬢毛衰老大徒添宋玉悲天上雙星應有約
人間一葉似知時綵樓香滿涼生早銀漢橋横火度遲
此日報秋端罕遇呼兒捉筆和新詩

白露日桂花開次張一高韻

池上曾軒日夜開天垂銀漢洗浮埃岩花初見丹英吐
節候新交白露來細細古香吹小榻瀼瀼清氣落深盃
蟾宫此夕知何夕老子神游不用猜
洪武庚午正月七日雪
東皇在御未班春滕六呈祥景物新一夜花明寒栗冽
九山玉潔曉精神清浮剡曲懷思櫂淨洗邊疆戰伐塵
百穀有秋端可望草堂紀詠屬詩人
十日喜晴

九日春霖曉忽晴鶻鳩喚婦鳥和鳴麥畦水漫人疏濬梅驛泥融客問程景象從今還好在江山依舊可憐生待看三五燒燈夜簫鼓聲中樂太平

七月二十四日喜雨口號

鑠石流金暑肆威槔聲響答稻將疲天濡需澤三時久水漫枯疇二寸奇雨玉雨珠那可濟維糜維芑實堪期黃童白叟爭稱道太守虔誠為我祈

八月初二日喜雨次林秉燮韻

水涸田枯若漏飄桔槔聲動徹層霄滂沱雨澤驅炎熇
泱漭潢汙混海潮今歲定期秋稔熟前村已救稻枯焦
農人鼓腹齊歡躍管有糧儲奉聖朝

十一月二十七日雪賦禁體詩一首明日小寒

九莫裁剪密還稀驢背旗亭索酒時剗水懷人乘逸興
梁園授簡騁妍詞小寒紀節欣相遇瑞兆占年定可期
莫塑獅兒供一笑埽來煮茗快幽思

七月十四日書事

雲霾冥迷風暴烈雷霆擊薄雨滂沱十圍大樹相隨靂

百丈神龍競逐過潢潦驟增疑漫海溪流直立似懸河

天威未霽誠當懼冠服兢兢念靡宅

南村集卷三

欽定四庫全書

南村集卷四

明 陶宗儀 撰

題墨竹

把燭倩宮奴娟娟入畫圖秋聲風雨外照見碧珊瑚

蒼梧帝子游蕭瑟倚清秋一握冰紈裏長懸翡翠鉤

題紈扇折枝竹

翦羽來青鸞尾挂向珊瑚鉤明月照清影一握湘江秋

題畫菜

曉起畦丁送長齋思益精平生耽此味厭説五侯鯖

題飛鳴宿食百雁圖

碧漢斜書草草清宵衆語雝雝莫向蘆花深處江南稻熟秋風

題林亭高士圖

岩磬衣冠逸士松篁琴酒閒亭坐看雲生遠岫一江春水泠泠

題落花游魚

蒲抽翡翠茸茸花落臙脂片片曉來戲唼游魚雨霽綠波如練

題王黃鶴竹石便面

貌得篔簹墨未乾蕭蕭離立萬琅玕此君心事堅如石一握清風拂面寒

趙海寧長松高士圖

春雷喚起蒼龍蟄鱗甲蜿蜒雲氣溼道人長鑱斸茯苓

半天風雨山精泣

莫春雜興次顧君舉韻

漁父鯉魚長尺半提攜不受人家喚當壚解縛換酒歸

爛醉滄江杏花畔

趙待制山水

山外溪平不肯流山前喬木易知秋水晶宮裏清幽地

不信無人著釣舟

侯仲治風雨歸莊圖

黑雨橫江天漠漠饞蛟怒吼驚濤作扁舟冒險且歸來
正恐明朝風更惡

清曉過南屏

漏盡銅虬夜未闌曙星炯炯碧雲端馬頭籠燭衝寒去
直過南山第二關

宮詞三首題王叔明士女

閣門傳詔宴龍池宮漏穿花月上遲準擬承恩供奉處
縷金團扇乞新詩

大家妝著鬬時宜等候君王看月嬉三十六宫清夜永
幽情不許外人知
水晶别殿十分凉金碧平橋近建章直罷歸來成小立
花深驚起宿鴛鴦

題張渥湘妃鼓瑟圖

朱絃促柱鼓湘靈霧鬢風鬟下紫冥萬頃碧波明月裏
曲終惟見數峰青

題實相海上人滄江一葉詩卷

剞刻輕於脫瓣蓮飄飄一葉寄栖禪風休月白波濤靜
覺海重乘大願船

次韻曦講師南仲牧閑園雜詠十首

樹林鬱茂即祇園種藥栽蔬要剪蘩甘菊醫方能療目
頗分野老瀹朜香
莴藜非類便須鉏菜甲青青小雨初更待明年春筍出
就林燒熟味如酥
曲徑傍邊薝蔔林韮頭朶朶綴璚簪經餘未把袈裟解

静嗅清香坐樹陰
日涉名園引興長緑陰多處石牀涼花時那似今番好
翠篠娟娟過粉墻
幽草踈花静裏看桐陰穿膝坐蒲團頓除妄念機緣息
方寸無縈眼界寛
萵苣青青早芥紅引流分灌露華叢園丁采掇供香積
日日擕筐向此中
小築垣墉繚四陲前頭即是梵王祠沼花新吐芬陀利

石鉢溪泉獻一枝

新添野圃四無隣埽徑時時欵逸民展席松陰談妙覺
我來借榻或經旬

芳草池塘蛙亂啼青松未長鶴巢低坡陀誰種閒桃李
玉立修篁箇箇齊

牧閒不與世爭能雲護柴關玉作層客到莫嫌無供養
鑿池栽藕種芰菱

題畫二首

抱琴高士

重重緑樹護清溪欲覓知音路轉迷布襪青鞵吟未了又隨野色過橋西

停舟高士

落落長林水一灣緑陰多處白鷗閒畏途塵滿無心踏獨坐船頭看晚山

次韻題柳燕

溶溶煖緑漾芳堤一握柔絲翦未齊簾卷東風踈雨歇

落花香染定巢泥

題楊士賢山水

風雨歸舟

山雨溪風晚未休蕭蕭落葉滿汀洲漁船罷釣歸何處眼底狂瀾正可愁

雪林行旅

積雪寒凝晝不消瓊林琪樹聳孤標寄言逆旅休辭倦西崦人家路尚遥

題馬遠竹溪吟奕圖

好詩應向過橋成逸興還從對局爭此日山林無一事
竹香細細晚風清

為謝居士題畫册

山中隱居

小小茅茨住碧山柴門無客晝長關移家更入雲深處
城市終年不往還

竹深避暑

萬竹林中草縛菴溪聲隱隱隔雲嵐日長客去收經卷

一枕清風睡正酣

題本原上人悟雪卷

雪滿千山初定起璚林玉樹總如如湛然常寂心無染

清靜圓明等太虚

題袁安卧雪圖

玉琢芙蓉朶朶開乾坤清氣費詩裁先生一榻高千古

不管門前縣令來

題綠竹蒼石圖為萬竹山人壽

粉香翠影碧琅玕丹鳳林中第一竿雨露恩濃磐石固

清風日日報平安

題畫梅

梨雲落莫錦雲低誰些氷魂上赫蹏玉骨從來無此色

想應新浴武陵溪

右紅梅

明月孤山處士家湖光寒浸玉橫斜似將篆籀縱橫筆

鐵線圈成箇箇花

右墨梅

題墨芙蓉

西風采采媚秋光絳節朱顔翡翠裳只恐夜深青女妒

洗妝研沼墨痕香

題和靖觀梅圖

小朶遥岑隔翠漪背籠衣袖立多時暗香浮處催詩句

落月昏黄分外奇

題趙廷采溪亭讀書圖
溪山佳處構茅亭四面芙蓉朶朶青新水夜來添一尺
湘簾高捲晝橫經
題雲莊畊隱圖
亂雲深處水回環南畝無多屋數間曉起一犁春雨足
夕陽牛角挂書還
題觀瀑圖
千峰紫翠挿芙蓉上界招提有路通更向石橋觀瀑布

玉虹萬丈挂晴空

題雙松獨釣圖

雙松偃蹇水拖藍幾疊遥山送碧嵐一葉釣舟輕似葦短蓑烟雨老江南

題張叔清采蒓圖

秋風江上紫蒓肥童子攜筐采掇時獨有東曹能命駕至今此味少人知

題夏士良修篁笑容

故人一別兩平過寫寄相思恨轉多欲采芙蓉隔秋水只聞江上竹枝歌

題畫菜

蘆菔生兒菜有孫露芽雨甲媚盤飧自知肉食非吾相抱瓮何辭日灌園

繞屋蔬畦稱食貧雨餘齊茁翠苗新山庖頓頓殊風致天上酥酡未足珍

題梅鶴高士圖

月明孤鶴唳前汀一樹寒梅護石屏香篆已消童子倦
道人猶對蕋珠經

客窻聽雨四絕句次南山韻

十年歸夢剡溪船眼底江山若箇邊春事寂寥人意嬾
一天風雨共愁眠

蕭然一室小於船那得心情到酒邊只怕今年無菜麥
悶來抛卷曲肱眠

處世真猶上瀨船紜紜人事浩無邊就中亦有清閒者

醉即高歌倦即眠

新種垂楊可繫船尋盟日日到鷗邊當年曾向巴江泊
政似如今聽雨眠

題詩意圖

杖藜訪友趣蕭閒采藥山深待未還流水石橋松影合
溪童指點亂雲間

題倪雲林枯木竹石小景

蒼玉庚庚翠袖扶墨池洗出碧珊瑚倪顛老去風流盡只

有雲林小畫圖

題墨梅

花光三昧幻氷魂滿紙春風帶墨痕好似孤山亭子上

一枝斜映月黄昏

開泖口號四首

縣民應役開長泖兩岸高低菜麥空程限不嚴功力怠

監官酣酒舞裙紅

四十里長横泖路會工都用六千人開挑兩月無成績

主典汙慵欠拊循

溝渠堰塞為開河河未開通雨轉多水浸麥根渾爛卻

今年生理竟如何

萬農蹙額籲蒼旻莫把春霖困下民種得稻禾供餽餉

全資二麥濟饑貧

題鷓鴣

湘江岸口黄陵廟苦竹叢低雨氣昏相喚相呼泥滑滑

長途多少客銷魂

題金華趙彦如所藏畫軸

婺女光芒地𠇗靈天潢倒影湛清泠眼前不盡登臨意都在溪山一草亭

題和靖擁爐覓句圖

一童一鶴住西湖千古高風識畫圖水影月香成絶唱苦吟猶自擁寒爐

題黄葵

西蜀孤芳分外清嫩黄新染越羅輕自從承卻金莖露

向日檀心一寸傾

題雪景山水

碎剪銀河片片零芙蓉開徧玉崚嶒八窻洞啟虚生白
好似蓬婆最上層

題葵花雉雞

向日傾心矯不移援琴閒操雉朝飛仙人掌上金莖露
滴著娟娟五彩衣

題人物山水

古賦裁成學遂初山童研墨且徐徐石頭几上溪藤滑
旋拂松花對客書
為許元伯題畫
黄菊
道人小萬柳邊莊三徑西風逗晚香按譜秋葩班異品
堂堂正色御袍黄
緋桃
學會徐熙筆法竒濃磨翠屑襯胭脂武陵溪上神游熟

寫得春風小折枝

題黃葵聚蝶圖

亭亭花萼媚秋光露滴金栝蝶翅涼二月好春渾忘卻

亂飛爭戀御羅黃

題清暑觀瀑圖

隔岸林泉照眼清玉虹千尺挂空青松風謖謖涼如洗

一段匡廬九疊屏

題倪元鎮雲岫溪亭圖

扁舟昔日惠山前裏茗來烹第二泉清閟老仙呼鶴處岡頭亭子尚依然

題林子山畫次韻子山乃松雪外孫余家有其畫名休承

一箇青松覆小亭香浮菡萏遠逾清日長無事拋書坐靜聽紋楸落子聲

題荔枝

大唐置驛貢遐方火齊虬珠裹蔗漿博得玉環纔一笑教坊曲奏荔枝香

題曹雲西雙松圖

泖雲西畔一詩翁畫法營丘理趣融四十年前經此地雙松無恙草堂空

題萬玉圖

踏雪尋梅訪老逋西泠橋外小山孤疎疎密密花爭發好似傳來萬玉圖

題王若水戴勝

桑樹柔條葉已空晚來獨立語東風織紝自是閨房事

喜得頻催早獻功

片片蹤翎列項旗娟娟文羽攬春輝邊庭大將能知汝

獻捷封侯戴勝歸

慈雲十詠

靈峰古剎

衆山羅立小為尊一朶靈峰啟法門氣聚風藏龍脈遠

元符寶殿尚孤存

慶雲禪關

慶雲五色照清溪郁郁紛紛望遠迷第一禪關從此入西頭即是古招提

⿰山者師全身塔

一定千年與世忘當時起塔謹安藏如今試啟雲龕鑰爪髮還應幾許長

竺師覺花堂

繽紛天雨寶優曇聽法升堂總戒嚴頓悟此心成一笑阿師不待覺尊拈

運師芥子室

維摩方丈未為奇我室呼如芥顆宜三萬二千師子坐著來尚可踢須彌

薝蔔林

薝蔔花開玉朶攢清香滿室似栴檀五千餘卷都披卻四十二章寧浪看

松閣看雲

長松落落遠塵寰重閣陰陰莫碧山盡日跏趺自怡悅

禪心已共白雲閒

蓮池翫月

沼中淨植芬陀利天上高懸白玉盤香遠光清宵更寂梵餘徙倚石闌干

層巒拱翠

雲屏九疊自天開龍象森嚴震法雷莫怪山靈無供養六時朝禮送青來

雙溪環碧

流水縈紆遠接天一支分入寺門前且教聽講蒼龍蟄
菩薩來乘大願船
庚午十二月十八日雪
滿載寒花玉氣浮野航一箇小於甌曉來試上城頭望
碧海金山兩白鷗
辛未八月二十三日大風雨口號
大風怒吼雨如麻入得更深勢轉加曉起忽聞墻外語
今年只損木綿花

辛未子月二十三日

朔風顛號樹木枯層冰積雪凍糢糊三冬酷冷無今日

獸炭頻燒醉玉壺

癸酉五日六日陰七日雨

兩日寒陰人日雨不堪吼地北方癡馬牛眻戰人供億

百穀豐凶未可知

穀日雨

寒風翦翦雨冥冥水白雲黃菜麥青聽得老農墻外語

今年不得看參倉含切星

九日雨

終日淋淫不肯晴晚來片片雪花零竹爐熾火驅寒氣缸面分醅入夜餅

赤脚雪

雪停五日未全消雲淨天清氣泬寥故老相傳名赤脚來年山岳要枯焦

十二月初一初六兩日聞雷

今年臘月兩聞雷虩虩聲從何處來陽不閉藏先出地

下民修省可禳菑

丙子五日甲子雨

正月上旬逢甲子試稽農歴定豐年奈何終日風蕭雨

又恐乘船入市廛

三日率諸生赴禮部考試

應試南宫聽考研諸生背讀寫嗚泉清曹儀制顓分領

次第編名奏奉天

十日給賞

講明三誥闡王言億萬師生沐湛恩曉起內庭催給賞
謹持寶楮出端門

十一日謝恩

四更來詣紫宸班恭謝皇恩仰聖顔五拜禮嚴三叩
首春風兩袖趣東還

八月六日白露

今朝白露亥時交小雨霏微向日捐野老為言無過慮

歲豐天意已先教

二十三日

打窻風霰五更頭寒沍重陰晝不收積水淼漫天一色

望窮只益老農憂

二月六日日出二竿許松江府城為黑氣蒙蔽若

重霧然人對面莫辨誰某一飯頃乃散附城五

七里間亦如是較之城中則稍輕耳此時處處

鄉村風日妍麗

黑氣冥濛壓府城路人交臂只聞聲須臾消散清如掃
未卜將來作麽生

臘月五日早霜

鴛鴦萬瓦玉參差青女横陳肆臘威曉起推窻疑是雪
稜稜還向太陽晞

月九日

穀日宜晴翻作雨明朝西北大風狂聖人在御民安
樂未必天心降不祥

二十八日雪

杏蕋嬌紅柳眼青東風陣陣雪花明春光已是三之一底是嚴寒砭骨清

十一月朔大雪節早見雪

狂風昨夜吼稜稜寒壓重衾若覆氷節氣今朝逢大雪清晨瓦上雪微凝

臘月乙卯日巳卯時雷從西北方起

連朝氣候若春溫曉日曈曨忽慘昏一道金光飛閃電

雷聲虩虩震天門

正月十七日

上元次夕月華明雪霰繽紛欲二更曉起作花飛向日

若寒砭骨勢崢嶸

正月二十二日夜三更雷始鳴

風狂雨急夜三更隱隱春雷已作聲節候數來先十日

多應羣蟄未全驚

南浦

會波村在松江城北三十里其西九山離立若幽人冠帶拱揖狀一水蕪九山南過村外以入于海而溝塍畎澮隱翳竹樹間春時桃花盛開雞犬之聲相聞殊有武陵風槩隱者停雲子居焉一舟曰水光山色時放乎中流或投竿或彈琴或呼酒獨酌或哦咏陶謝韋柳詩殆將與功名相忘嘗坐余舟中作茗供襟抱清曠不覺度成此曲主人即譜入中呂調命洞簫吹之與童

子櫂歌相答極鷗波縹緲之思云

如此好溪山羨雲屏九疊波影涵素暖翠隔紅塵空明裏著我扁舟容與高歌鼓枻鷗邊長是尋盟去頭白江南看不了何況幾番風雨　畫圖依約天開蕩清暉别有越中真趣孤嘯柘蓬窻幽情遠都在酒瓢茶具水蘋茫搖晚月明一笛潮生浦欲問漁郎無恙否回首武陵何許

一萼紅

賦紅梅次郭南湖韻

水雲鄉又南枝逗煖綽約漢宮妝春艷穠分朱鉛淺試翠袖獨倚修篁想應道東風料峭剪霞彩零亂補綃裳勾漏尋真丹丘授訣傲睨冰霜 畢竟孤標還在縱天桃繁杏難侶寒香瑪瑙坡頭珊瑚樹底江南別是風光且莫倚高樓玉管怕輕盈飛處誤劉郎依舊小窻疎影淡月昏黃

露華

賦碧桃用南湖韻

武陵夜寂記露影璇空一笑曾識素臉暈鉛巧把黛螺輕羃莫是歌渡烟江浣卻舊家顏色還又訝深宮紺袖唾花猶溼　問他阿母消息甚落莫梨雲青鳥難覓不比錦紅輕薄容易狼籍嫩綠護出溪頭誰顧采香仙客春晚也頻溫玉笙是得

念奴嬌

九日有感次友人韻

黃花白髮又悤悤佳節感今懷昔雨覆雲翻無限態故國寒烟榛棘杜老漂零沈郎瘦損此意天應識劃然長嘯不知身是孤客　呼酒漫祓清愁玉奴頻勸兩臉添春色眼底平生空四海倦拂紅塵風幘戲馬臺荒登龍人老往事休追惜山林無恙也須容我高展

木蘭花慢

次胡筆峰遷居韻

占中山一隩雲晻靄水縈紆便小理蔬畦深鉏菊圃細

甃花衢平生幾畨卜隱到而今方稱列仙臞問字溪翁載酒執經弟子將車　猗歟心迹混樵漁安用絶交書向石上圍棋松陰搗藥樂意偏殊當年輞川圖畫有林泉如此更何如旋買良田種秫只知吾愛吾廬

月下笛

賦落梅

東閣詩慳西湖夢淺好音難託香消玉削早孤標頓非昨阿誰底事頻橫笛不道是江道揺落向空階閒砌天

寒日莫病鶴輕啄　情薄東風惡試快覓飛瓊共翔寥廓冰魂漠漠謾憐金谷離索有時巧綴雙蛾緑天做就宮妝綽約待一點脆圓成須信和羹問卻

總校官舉人臣章維桓

校對官中書臣沈颺

謄錄監生臣任紹濂

圖書在版編目（CIP）數據

南村集 / (明) 陶宗儀撰. — 北京：中國書店,
2018.8
ISBN 978-7-5149-2116-8

Ⅰ. ①南… Ⅱ. ①陶… Ⅲ. ①古典詩歌－詩集－中國－明代 Ⅳ. ①I222.748

中國版本圖書館CIP數據核字(2018)第084843號

四庫全書·别集類

南村集

作者　明·陶宗儀 撰
出版發行　中國書店
地址　北京市西城區琉璃廠東街一一五號
郵編　一〇〇〇五〇
印刷　山東潤聲印務有限公司
開本　730毫米×1130毫米　1/16
印張　15.25
版次　二〇一八年八月第一版第一次印刷
書號　ISBN 978-7-5149-2116-8
定價　五八元